कविता-संग्रह

गंगातट

गंगातट

ज़ानेन्द्रपति

राधाकृष्ण प्रकाशन

ISBN : 978-93-49159-53-2

गंगातट

पहला संस्करण : 1999
दूसरा संस्करण : 2025

मूल्य : ₹695

प्रकाशक
राधाकृष्ण प्रकाशन प्राइवेट लिमिटेड
जी-17, जगतपुरी, दिल्ली-110 051
शाखाएँ : अशोक राजपथ, साइंस कॉलेज के सामने, पटना-800 006
पहली मंजिल, दरबारी बिल्डिंग, महात्मा गांधी मार्ग, प्रयागराज-211 001
1, अनमोल सोराबजी सन्तुक लेन, धोबी तलाव, मरीन लाइंस, मुम्बई-400 002
वेबसाइट : www.radhakrishnaprakashan.com
ई-मेल : info@radhakrishnaprakashan.com

मुद्रक
विकास कम्प्यूटर एंड प्रिंटर्स
ट्रॉनिका सिटी-201 102

GANGATAT
Poems by Gyanendrapati

मेरे कवि-मन पर
जिनकी किसान हथेलियों की छाप है
उन्हीं सकर्मक-मति
अपने छोटका बाबा के लिए
जिनका स्मरण
विमलमन बड़का बाबा
की याद से ही पूरा होता है

क्रम

गंगास्नान

गंगा में स्नान कर रही
वह बूढ़ी मैया
दो ओर से बाँहें पकड़े बेटे-बहू को
लिये, सीढ़ियाँ उतरती
आई थी जल-तल तक जो कूँथती-कँहरती
निहुरी-दुहरी
वह बूढ़ी मैया, दूर से आई
तुम क्या जानो
अपने को प्राणों तक प्रक्षालित कर रही है, पवित्र कर रही है
महाप्रस्थान-प्रस्तुत, डगमग पाँवोंवाली वह बूढ़ी मैया
तुम क्या जानो, क्योंकि तुम्हारे लिए नहीं बची है कोई पवित्र नदी
तुम्हारी सारी नदियाँ अपवित्र हो गई हैं—विषाक्त
हाँ, तुम क्या जानो, तमगों-सजी याकि बचत-खातों के पासबुकों से भरी
उपरली जेबवाली होकर भी छूँछी छाती वाले तुम
कि यह निर्मल नदी
भीतर ही बहती है
तुम्हारे हृत्पिण्ड की गंगोत्री सूख ही गई है
पीछे, और पीछे खिसकती, आखिरकार

वहाँ
गंगा के उस साँवले जल में नहाती हुई बूढ़ी मैया
की हर डुबकी में
छाती की कँपकँपी ही नहीं घुलती
सजल उर का जल भी मिलता है भास्वर
उन दुग्धहीन, पर दुग्धगन्धी छातियों से निकली हुई दूधियाभा
जो आँख खोलकर तुम्हारे देखते-देखते

नगर के नालों की गँदली उगल में
निगली जाती है अचीन्ह
और तुम जानते-जानते रह जाते हो अपना अभाव।

बस अड्डे और रेलवे टेसन से कतार बाँधे आते

बस अड्डे और रेलवे टेसन से कतार बाँधे आते
नगर के पर्वोत्सव में
वे हैं भोले-भाले भारतीय जन
इस देश के गँवई-गँवार
तपे-पके शीत-घाम में
अपने बिस्तरबन्द में डोरी से लोटे की गरदन कसे
चारो धाम की यात्रा कर आते हैं
धरा-धाम छोड़ जाने से पहले एक बार जरूर
जटाजीवी साधुओं और मायाजीवी शहरों के
घिसे-पिटे चमत्कारों में भी जिनके दम पर चमक
जो चमत्कृत होने के लिए
आँखें चौड़ाए बैठे हैं
ये वे ही हैं जो
हमेशा ओखल में सिर दिये
किन्हीं भी ओलों के लिए सिर मुँड़ाए बैठे हैं
हाँ ये वे ही हैं जो कलरव भरे विहान में
जनरव भरा नहान लाते हैं नंगे पैर
इस गांगेय नगरी में
सड़कों पर उमड़ते हैं बन मटियाली जन-गंगा
शिव के जटाजूट-सी बिखरी गलियों में
बहते हैं गहे हाथ एक दूजे का
जिनकी धारा में कर स्नान
धीरज से भरता है
वह जो है एक संशयाकुल मन कवि का।

उस पार के लिए

सितम्बरान्त।
शीतारम्भ-सा कुछ-कुछ
हवा में
भादों की उमड़ी गंगा से उठ
घुलता हुआ
सिहराता अनजाने

सिहर देखता
देख सिहरता
जलनिद्रामग्न मणिकर्णिका घाट की सीढ़ियों के सिरहाने
पत्थर के अष्टकोण चबूतरे पर चढ़ा हुआ
लकड़ियों का ढेर
मानो कोई गिद्ध विशाल
अपने डैने फैला
सुखा रहा हो उन्हें धूप में

आते दिखा था
चार जनों के कन्धों पर
एक महावृक्ष का मध्यभाग
दुर्वह
टलमल होते मणिकर्णिका पर की किसी
लकड़ी की टाल के मलिन मजूरे
टलमल गहन क्लेश से भी
मानो उस वृक्ष-शव के निकट सम्बन्धी
उसे उठा रखते सूखे में
ज्वलनशील चैलियों में बदलने के लिए

कुल्हाड़ियों से चीरने से पहले
चीरने घन-प्रहारों से, अड़ा छेनी विदीर्ण काष्ठ-छाती में

कि अचानक
दृष्टि हरियाई
सामने
गंगा के पार-तट पर
वर्षा-हर्षित वृक्षों के हरे से अँजा क्षितिज
दिखा
जीवनदायी
विहगों के गोल दिखे मँडराते
आकाश के अवकाश में मचलते जीवनोच्छ्वास
जांगलिक मांगलिक

लगा, उस पार है हरा
तो अवार का भूरा-कत्थई-नीला भी सह्य
इस पार की धूसर दुनिया भी रह्य
बखुशी

कि अचानक
उस विस्तीर्ण-बाहु हरियाले के अंक की
शुभ्र शुभ सिकता पर
आनन्दित लोटती दृष्टि की पीठ में गड़ा कुछ भयानक
कँटीली रेंगनी सर्पिणी कि गठीला नागफनी कोई
हजार सूइयाँ चुभोता
अधमुँदी आँखें एक बीभत्स आशंका से होतीं विस्फारित
भीतर उठता डर का भभका
यह खयाल कि कहीं उठ न जाए उस ओर—
कि जैसे उठ ही रहा है हर ओर क्षितिज को रूँधता
निरल्ले को हल्ले से गूँधता
कोई भव्य भयावह पंचतारा होटल
ऐश्वर्यशालियों की विलास-बुभुक्षा बहुमंजिली एक
काले धन की गोरी बाँहों में बाँध आकाश का सारा ऑक्सीजन
नथुनों के नीचे लाने को उद्यत

जन-शत्रु जीवन-शत्रु
दुर्दम दुष्ट
चन्द चतुर जनों की भोगाकांक्षा सर्वशोषक आत्मपोषक
पाँव फैलाकर बैठी हुई सागरतट नदीतट—सड़कतट भी
धरती के रस-कुण्ड में
रुपयों की रुपहली स्ट्रॉ लगा
चुस्कियाँ लेती हुई सुस्वादु

अपने को
आधा नवपल्लव-सा ताँबई, आधा कर्फ्यू-कसी
स्याह रात-सा कलुषित पा
आधा आनन्दित आधा आशंकित पा
तभी लगा
अरे! यह मन
'कहीं खूँखार सिनिक संशयवादी न हो जाऊँ' कहता हुआ
मन है मुक्तिबोधीय
ब्रह्मराक्षस का सिरफिरा मुँह
साथ-साथ मंत्रोच्चार, गालियों की बौछार
मन मुक्तिबोधीय
कि जिसकी निद्रा में अचेतन प्रतीक्षा
किसी अनपेक्षित असम्भव घटना का भयद सन्देह
कहीं कोई रेल-एक्सीडेण्ट न हो जाए!

झगड़ों से बचते-बचते भी
रगड़ों से घट्ठिल
अपने मन को देखा मैंने
उस साँझ
मणिकर्णिका पर खड़े
उस पार के खुले को खुली आँखों निहारते
दिखा यह भी कि
जो कभी ऐसा हुआ जरूरी तो जरूर
उस पार को बचाने के लिए
इस तन को भी न्योछावर करेगा यह मन बेहिचक
यह मन जो गुनगुनाता ही रहा है सोते-जागते

जीवन-मंत्र मुक्तिबोधीय :
कोशिश करो,
कोशिश करो,
जीने की,
जमीन में गड़कर भी।

गंगातट, शुरुरात की वेला

गंगातट, शुरुरात की वेला
उस पार
पेड़ों की छायाभासी पट्टी के पीछे
चन्द्रोदय के पूर्वाभास-सा फैला
उजाला
एक बस्ती की बत्तियों का समवेत प्रकाश-स्वर
जिसे आँखें सुनती हैं अनायास
जब बँधकर देखती हैं
पारतट के क्षितिज पर
ईशान कोण में
वह तुम्हारा तारा है
यानी मेरा तारा
एक खासा प्रभावान् तारा
अभी तक जिसका कोई नाम नहीं रखा गया
मानवीय नाम
तारों की पारस्परिक प्रकाश-तरंग-भाषा में
रह-रह उचरता होगा उसका कोई नाम जरूर
जिसका हमें पता नहीं चलता
बहरहाल, वह तुम्हारा तारा है
उसे उन्होंने छोड़ दिया है तुम्हारे लिए
वे—जिन्होंने तुम्हारे लिए जगमगाता बाजार सजा रखा है
मायावी बाजार, जिसमें
नये जूते की नोक पर जो एक तारा दिपता है
वह ध्रुवतारे से बड़ा है और ज्यादा चमकीला

वे तुम्हारी इच्छाओं और रुचियों के नियन्ता
तुम्हारे भीतर जरूरतें ही जरूरतें जगाते

उस तारे को उन्होंने
फालतू जान छोड़ दिया है
फालतू और गैरजरूरी
वह ब्लैकहोल में बदल जाए, उनकी बला से

पर सच यह कि उस तारक के वहाँ न होने से
बिगड़ सकता है मन्दाकिनी का अस्तित्व-सन्तुलन

वह तुम्हारा तारा है
बाजार की बाँहों की पहुँच से ऊपर, बहुत ऊपर
तुम्हारी दृष्टि के भुजपाश में भर आता हुआ

उसे देखता हूँ मैं
जब तक कि तुम बाजार से घर लौटते हो
उसकी भास्वर कँपकँपाहट में
आकाश खँगालती वेधशालाओं की दूरबीनों
की दृष्टि-छुवन की सिहरन

वह उगा है
अपनी विदिशा में
एकटक तुम्हें ताकता हुआ
कि तुम अपनी आँखें उठाओ
उसकी ओर
मोड़ो अपना माथा
बाजारू सन्देशों से शिथिल अपना माथा
उसके निर्वाक् मौन के लिए

उस अनाम तारे से भरी आँखें
जब लौटती हैं
गंगातट जहाँ बैठा हूँ वहाँ से दिखता है
इकली पुरानी नाव की अंजलि में

घाटों की बाँक पर दिपती रोशनियों के लिए
भरा है स्नेह
कि जिसमें बिजली-बत्तियों की भी अदृश्य बातियाँ
डूबी हैं

यह दृष्टिभ्रम है बेशक
लेकिन कौन कह सकता है दावे के साथ
कि इसमें
दो आँखों के पीछे के मस्तिष्क की इच्छा ही नहीं
उस नाव के मन की चाहत भी शामिल नहीं है

हम जिन वस्तुओं के निर्माता हैं
उनके भी अन्तरंग को
हम भला कितना जानते हैं!

सब कुछ जाने हुए लोग
तुम्हें खींचते हैं दूसरी दिशा में
आनन्द के बराबर अफसोस से भरा हुआ
उठता हूँ
कि दिखता है
बहुमंजिली बिल्डिंगों के लिए काट डाले जिन्होंने
पृथ्वी पर के बरगद
उन्होंने
हमारे शीश के ऊपर
छोड़ दी है सप्तर्षि की छाँह।

याद आई निराला की कविता-पंक्ति

'दीठ बँधी, अँधेरा उजाला हुआ
सेंधों का ढेला, शकरपाला हुआ'

याद आई निराला की कविता-पंक्ति
जब बीरू मल्लाह ने
सिक्का-समर्थ भक्तजन-धन्य केदार मन्दिर
के सामने—केदारघाट की गंगा की रेत छाँकने वाले
तीसेक वर्षीय दुबले-पतले साँवले बीरू मल्लाह ने
जो दोनों हथेलियों को दृढ़ जोड़
एक बड़ी-सी अंजलि के पसारे में
भरकर उपराता है रेत गंगातल की
डुबकी-दर-डुबकी
और बीन-बीछकर सिक्का या कोई मतलब की चीज
फेंक देता है वापिस रेत को गंगा में, तनिक दूर
हुआ सिक्का तो भर लेता है झट मुँह में
सिक्कों से जब भर जाता मुँह, तो
मुँह से उन्हें निकाल
करता टेंट के हवाले
उसी—लम्बी डुबकी लगाने में सिद्धश्वास—बीरू मल्लाह ने
उपरा, एक दफा जब
करतल की रेत को परखा, तो
कुछ निरख पहले तो सिकुड़ीं
फिर चमक उठीं उसकी आँखें
अरे! यह तो बिछिया है—
नहाने को गंगा में उतरी किसी नवोढ़ा के
आलता-लगे पैर की उँगली से खसकर निकली

चाँदी की एक बिछिया
जो रही होगी ढीली तनिक उस पादांगुलि में
लेकिन जो, देखो तो, कितनी फिट आती है
बीरू मल्लाह की अनामिका में
बीरू जो मुहल्ले के
अपने हमउम्रों का नहीं, निमोंछिया किशोरों का दोस्त
उन्हें जिन्दगी की पहली बीड़ी पिलाने वाला
गंगा के पेट को प्राणायाम से खँखोरने का उसका यह उद्यम
मित्रमण्डली के बीड़ी-पानी के खर्चे के हित, नित

डूब मरी वह बिछिया जब फिर से जीकर
हँसमुख बीरू की उँगली में अँगूठी बन, चमकी
चमक गई तभी याद में
निराला की कविता-पंक्ति :
'दीठ बँधी, अँधेरा उजाला हुआ
सेंधों का ढेला, शकरपाला हुआ'

वह बिछिया जो जन्म लेने से पहले
एक सुस्त कारीगर के दिमाग में
पड़ी हुई थी कुछ दिनों तक
अधिक दिनों तक राह चलना जिसे नहीं भाया
नदीतल में जा सोयी जो चुपके से, पहले मौके
गंगासागर तक जाती रही घुली-मिली जिसकी नींद नदी-जल में
मछलियों के टहोकों से न टूटने वाली

मैं उसके पुनर्जन्म का साक्षी था
जन्म से भी सुघड़ पुनर्जन्म
जब वह बिछिया अँगूठी बन चमकी
अँगूठी से अनभिज्ञ क्वाँरी साँवरी कर्मकुशल अनामिका में
चमकाती स्मृति में
निराला की कविता-पंक्ति :

'दीठ बँधी, अँधेरा उजाला हुआ
सेंधों का ढेला, शकरपाला हुआ'।

ईश्वर के सिक्के की तरह

ईश्वर के सिक्के की तरह
गिरा हुआ चन्द्रमा
गंगा के पानी में
मटमैले पानी में चमकता हुआ प्रभावान्

गनीमत है कि अभी सोया हुआ है बीरू मल्लाह
जो धर्मालु सिक्कों के लिए गंगाघाटों की रेत छाँकता है सिद्धश्वास
दिन-दिन-भर

नहीं तो वह दो मुट्ठा बीड़ी के बदले
दे आता इसे भोला पनवाड़ी को
और वह इसे
अपनी दुकान के सड़क-प्रतिबिम्बी आदमकद आईने के माथे पर
चमकती टिकुली की तरह साट देता शोभन
आखिर दोनो ठहरे पक्के गँजेड़ी
और कविजी भँगेड़ी।

उस पार से आ रही है नाव

उस पार से
आ रही है नाव
इस ओर

गलही पर बैठा
उस ओर मुँह किये
डाँड़ खेता
आ रहा है
नाविक
इस तरफ उसकी पीठ है
एक साँवली खुली मल्लाह पीठ
उस पीठ में भी मछलियाँ फड़कती हैं
गोया एक टुकड़ा नदी हो वह

वह है बीरू मल्लाह
बड़कों में लड़का, लड़कों में बड़का
कौन कहेगा, सातवीं बार सातवीं फेल
हो रहा सहज ही
आज के वक्त का चरित-प्रतिनिधि
इस पल
समकालीन मनुष्य की मति-गति का प्रत्यक्ष रूप
उस पार की ओर मुँह किये इस पार आता :
उसका मुँह, धीरे-धीरे दूर होते हरे कोर वाले
नीरव क्षितिज की ओर
जबकि धीरे-धीरे निकट आती जा रही है

उसकी पीठ जनरव से गुंजान
नगर के

नगर का आकर्षण—
नाव के लिए भी खिंचाव खास
इस पार आने की दफा कुछ तेज बही आती नाव जिसे
तन पर महसूस करती है।

आए हैं दाता

आए हैं दाता
धवलहृदय भ्राता
गंगातट, आटे की लोई
नान्ह-नान्ह गोली पोई
पूँग रहे हैं जलचर-नभचर
गंगा की मच्छी औ' गौरैया-कबूतर
पुण्यप्रभ उज्ज्वल
आखिर देते चल
हाथ लपेटे खाली झोली
अँगुरियन इत्ती नरम कि पोली
हाथ वह मुलायम मनजोर
पर छीने उसने कितनों के कौर
हालाँकि उसको प्रिय नमस्कार की मुद्रा है
मुद्रा को ही नमस्कार उसका, उसको बस मुद्रा मुद्रा मुद्रा है।

नदी और साबुन

नदी!
तू इतनी दुबली क्यों है
और मैली-कुचैली
मरी हुई इच्छाओं की तरह मछलियाँ क्यों उतराई हैं
तुम्हारे दुर्दिनों के दुर्जल में

किसने तुम्हारा नीर हरा
कलकल में कलुष भरा
बाघों के जुठारने से तो
कभी दूषित नहीं हुआ तुम्हारा जल
न कछुओं की दृढ़ पीठों से उलीचा जाकर भी कम हुआ
हाथियों की जल-क्रीड़ाओं को भी तुम सहती रहीं सानन्द

आह! लेकिन
स्वार्थी कारखानों का तेजाबी पेशाब झेलते
बैंगनी हो गई तुम्हारी शुभ्र त्वचा
हिमालय के होते भी तुम्हारे सिरहाने
हथेली भर की एक साबुन की टिकिया से
हार रहीं तुम युद्ध।

(दो)

वह एक साबुन है
साबुन की एक साबुत बट्टी
रैपर से खुलकर
प्रस्तुत पड़ी

जल-डूबी घाट-सीढ़ी से ऊपर
सूखी घाट-सीढ़ी पर
एक नीली साबुन-बट्टी
वह एक बहुराष्ट्रीय कम्पनी का
बहुप्रचारित साबुन है
माया है कि तरहथ-भर की उसकी चौकोर निश्छाय काया की
बहुत लम्बी छाया है
विज्ञापन-फिल्मों में महाशक्तिशाली पुकारा जाने वाला
सुपरमैनी भुजमछलियोंवाला
मैलासुर के लिए कराल कार्तिकेय स्वरूप
सांगीतिक से अधिक सांघातिक एक धमाके के साथ
स्क्रीनागमन का अभ्यस्त!

उसके दिव्य रूप को देख-देख
थकी नागरिक आँखों को
गंगा धो देती है
दरस से ही

लेकिन जब
गंगातीर
आ ही खड़ा हुआ है वह महावीर
दुर्दान्त कणों और कीटाणुओं को
झाग-बल से फू: कर
कपड़ों को उज्जर करने का दावेदार
गंगा का जी कँपता है
इस बदहाली में भी उसके जल में
पलती हैं मछलियाँ
और उन मछलियों पर पलते हैं कछुए
जिनके बीच सख्तखोल घोंघे
कवचधारी घोंघे
तागों सी पतली सफेद संवेदिकाएँ चलाते रहते हैं
और उनकी निश्चलता से बगैर टकराए
जल-सतह पर क्षिप्र घूमती रहती है एक भौंरी
बरसात के उद्दाम दिनों में

जब उनका मिथुनकाल होता है
तब दुहरी, वह एक भौंरी
अपने ऊपर नर को लादे
अपने चंचल परिभ्रमण में
रह-रह क्षणांश को रुकती

ओह! उनके लिए
गंगा का जी कँपता है
अपने जलजीवों के लिए
और अपने उन थलजीवों के लिए भी
जिनके कण्ठ की प्यास बुझाने से भी आगे बढ़कर
भीतर की कोई गहरी प्यास तिरपती रही है गंगा
और कल की उसकी अमरित-बूँद आज
चंगे को बीमार करने वाली
और बीमार के लिए तो
सचमुच मोक्षदा साबित होने वाली अकाल ही

पहाड़ की बेटी वह एक
दुखियारी महतारी है गंगा
उसका जी कँपता है डर से
उसकी प्रतिद्वंद्वी हथेली-भर की वह जो साबुन की टिकिया है
इजारेदार पूँजीवाद की बिटिया है
उसका महाबली झाग उठने से पहले
गंगा के दिल में हौल उठता है
भयातंक की एक लहर
गंगालहरी में मिली जाती
एक झुरझुरी
एक अजीब ही वेदन-संवेदन
जिसका मापक यंत्र बन
कवि-वक्ष
एक सर्द आह का घर होता है उस पल।

पतंगों को छाँककर निकालते रहेंगे

पतंगों को छाँककर निकालते रहेंगे हौले हाथों
मल्लाह बच्चे
दिन-भर का शगल उनका
मनमस्त खेल
चप्पुओं को सन्नद्ध किये
अगोरते रहेंगे आकाश
जोहते कटी पतंगों को
टोहते कटी पतंग की दिशा
चप्पुओं के तनिक-से इशारे से
उनकी नाव भी उधर को ही जाना चाहती
बहुत मजा आता है नाव को इस खेल में
जीवनदायी खेल में
डूबी पतंग को उबारने में
भरसक तो उसे डूबने ही न देने में
लोक लेने में आकाशे आकाश
एक किशोर हाथ बढ़ा
अपने खेवैये खेलवैये का

तट पर
मल्लाह किशोरों के छोटे भाई
घाट की अन्तिम सीढ़ी पर खड़े
तट-निकट गिरी पतंग को
पास बुलाने के लिए
फेंकते रहेंगे कंकड़
उस ऊभचूभती पतंग से थोड़ा आगे
कि जल में उठे वर्तुलों के ठेले

फैले हाथ की छाँह के नीचे आ जाए पतंग
पाने को नवजीवन नभजीवन

और उनके भरोसे
गंगाकाश में
आकाशखोरी पर निकली रहेंगी पतंगें
बच्चों की पक्षी-प्रतिद्वंद्वी पतंगें
और बिसूरते रहेंगे
नागरिक छतों पर पिचरप्लांटों की तरह उगे हुए
पतंगखोर टेलीविजन एण्टीना

और एक न एक दिन तो आखिरकार
बाबा डार्विन की कसम!
पतंगें हो जाएँगी
छिपकलियों की तरह होशयार
विकसित कर लेंगी सामर्थ्य
झट इच्छात्याग कर अपनी पूँछ
टेलीविजन एण्टीनों के कँटीले भुजपाश में
—भाग जाएँगी दूर, ऊँचे
नीलाकाश में
और ठगे-से रह जाएँगे नहीं, ठगे जाएँगे
ठग जो दुनिया-भर में मशहूर।

कितनी देर लगती है

कितनी देर लगती है
गांगेय हवाओं को
हमारी चिन्ताएँ ओसाने में
कि दाना-दाना चित्त बच रहे हमारे पास
गांगेय हवाएँ जो
तरंगायित कर रही हैं गंगा को
कि हवाजोर गंग-तरंगें उठ-उठ
भिगो रही हैं
तट-घाट की वे सीढ़ियाँ भी
जो अमूमन
कृतकृत्य स्नानार्थियों के गीले तलवों से ही सन्तोष करती हैं
छाप-छाप से ही गंगा-नहान, कभी छप-छप नहीं
वे चिर सूखी
घाट-सीढ़ियाँ
आज जी-भर
नहा रही हैं
लहर-रोर से
भर रहा है सूनापन
उस जेठ-दुपहर का भी
जो भरा है मेरे भीतर
कि अचानक प्रगाढ़ हो जाता है गंग-गुंजन
मेरे भीतर शान्ति में बदलने से पहले
उसमें एक गूँज भर जाती है
क्या वह मेरे भीतर का कोलाहल
मन करता है विस्मित शंका
कि दिखता है

वह
गंगालंघी निहुरे-दुहरे मालवीय पुल पर
यंत्र-पिपीलिका-पंक्ति-सी गुजर रही
एक रेलगाड़ी है

और तभी
अचक्के उछल
गंगा की बाल-बूँदें
मन ही मन लिखी जा रही
एक कविता के
शब्दों की स्याही
फैला देती हैं विहँस।

नाव को नदी देने जा रहे हैं

गंगातट
चौकी घाट
सीढ़ियों वाली एक प्रशस्त प्रस्तर चौकी की तरह
पसरा हुआ यहाँ से वहाँ तक
दशाश्वमेध के भीड़-भड़क्के से
तनिक दूर
निरल्ले में

आज वहाँ
दूर से दिखता है
तिनतरफा कनात से घिरा एक मँड़ई-माथ
अतिशय वाचाल
दो विरोधी दिशाओं में मुँह मोड़े हुए
दो लाउडस्पीकरों के मुँहों वाला
एक दोमुँहा मँड़ई-माथ
धार्मिक प्रवचन का आयोजन-स्थल
गहराती साँझ के रात बनने के वक्त
तेज रोशनी से जगमगाता

उसके भीतर से उठ
गूँज रहा एक धार्मिक पेशेवर स्वर
भीतर
बैठे हुए कुछ जन, अधिकतर औरतें
पालथी मारे, प्रवाचकमुखी, धर्मलीन

उसके बाहर
उथली गंगा से उबरी रेत-माटी में
छह आड़े बाँसों पर रोकी
एक करवट लेटी हुई
एक बड़ी-सी नाव
बगल में घुटने मोड़ बैठे हुए माँझी की आँखों के आगे
जिसके पेंदे पर
जुटे हुए दो नाव-मिस्त्री
हथौड़ियाँ और कीलें लिये
कर्मलीन
वे पीठ फेरे हुए
उस प्रवचन-मण्डप से
खट्ट-खट्ट और ठक्-ठक् की आवाज उठाते
जो धाराप्रवाह प्रवचन के कनफाड़ सांगीतिक
स्वर की संगति में नहीं कतई
विसंवादी
लेकिन उसी से हो सकता है तुम्हारा कोई संवाद
वह कर्म का कर्कश स्वर
तुम्हारे लिए हर्षद स्वर
कि तुम ठिठककर देखते हो
किसी बड़ी-सी मछली की तरह एक करवट
लेटी हुई मत्स्योदरी नौका से
औजार लिये लगे हुए नाव-मिस्त्री
मत्स्य-चिकित्सक की तरह दिखते हैं—शल्य-चिकित्सक
एक बेहोश मछली का करते हुए सावधान ऑपरेशन

और यह कामयाब ऑपरेशन
जिस फ्लड-लाइट में हो रहा है
वह उस प्रवचन-मण्डप के लिए लगाई गई विशेष रोशनी है
जिस प्रवचन-मण्डप की तरफ से पीठ फेरे
काम में जुटे हैं दो-तीन जन
नदी को नाव देने वाले
नाव को नदी देने जा रहे हैं इस बार।

एक गोमुखी आई हुई गंगातट

एक गोमुखी
आई हुई गंगातट
ले जाने जल
कि नहाएँ देवता
सीढ़ीमुख पर के मन्दिर के वासी
उनके भोग का वक्त निकट है
भूखा है पुजारी
उसे घर खाने जाना है
उसका घर वहीं मन्दिर-परिसर में है
वह मन्दिर-परिसर अब उसका घर ही है—
उसका बसा-विकसा घर
बासनों-बच्चोंवाला
जहाँ जब दाल में पड़ती है बघार
सुगन्ध देवता के नासा-पुटों तक जाती है
गन्धभोजी देवता को और क्या चाहिए भला!
यही मानता है पुजारी
जो प्राय: उचारता रहता है अपना तकियाकलाम मुहावरा—
कर भला हो भला!

उस गोमुखी के पीछे-पीछे
जा रही थी जो छलछलाती
सीढ़ियाँ चढ़
पुजारी के जमूरे के हाथों में
धर्मरथ का खलासी वह एक तेरह-चौदह का किशोर
गले में चन्दन की कठमाला पहने
जिसके अनुगत

जा पहुँचे हम, ऊपर
सीढ़ीमुख पर के उस मन्दिर तक
जहाँ
पुजारी के घर में
दाल में बघार पड़ने ही वाली है

वहाँ पहुँचकर
देखे पर दिखता है
दोनों ओर गंगा की बाँक
उत्तरवाहिनी गंगा का आँका अर्द्धचन्द्र
जिसके मध्यबिन्दु पर वह शिवाला
क्यों न हो उसकी मौज, जिसके आँगन में
अरगनी पर धोती की बगल में फैली सूखती है साड़ी
और
मसाले पीसने वाली चौके की सिल से हटकर
बेदी से टिकी रखी है भाँग से हरी शिराओं वाली
सब्जे की सिल एक।

वर्षावास के बाद

बरसात की उमड़ती अशान्त नदी ने उलीची है जो माटी
धौली-साँवली रंगतवाले जो चिक्कन दूह गढ़े हैं
उन्हें पानी की धार से ही बहाना-मिटाना पड़ता है
पानी की तेज मोटी धार से
नदी से ही ले पानी
बीती बरसात की उतरी नदी का

मोटी धारवाला नगरपालिका का मोटर-पम्प नहीं, यह अभी
कमण्डलु नहीं, एक खाली टिन लिये
पाँक के एक टीले हठीले को
द्रुत जलाघातों से
पिघलाते-घुलाते, बहाते
एक अनबूढ़े बाबा
अधपक दाढ़ीवाले
रुद्राक्षमालग्रीव
मानो मन ही मन पढ़ते कोई मंत्र
नदी की माटी! तू
नदी को ही जा
नदी में मिल जा
नदी की पेटजाई
क्योंकि उस माटी के पेटे में
समा गया है
तट-घाट पर प्रस्तरोत्कीर्ण
लघु मन्दिर एक
धीरे-धीरे प्रकट हो रहा है
घुलती मिट्टी के पीछे से

पत्थर के आले में
उस देवता का माथा
पुजारी जिसके
अधपक दाढ़ी और अनथक भुजाओंवाले वे बाबा
अन्नदाता पुन्नदाता
देवता जिनके
अपने उठे वरद कर की ऊर्जा-तरंगों से
ढूह को ठेलते भीतर ही भीतर, धसकाते
उमगते
पुजारी से शुरू कर
पूजकों से मिलने को
अखिल ब्रह्माण्ड तक पसरने को

बीत गया है उनका चौमासा
वर्षावास कठिन यायावर आत्मा का
साँस रोककर बिताये हैं जलपंकसमाधि के दिन उनने
क्या मजाल जो कभी एक बुलबुला भी यहाँ दिखा हो
गंगा के गम्भीर वक्ष पर चंचल
लेकिन अभी जबकि
जल की याद से गीला-गीला-सा थुपा हुआ मृत्तिकावरण
हट रहा है
जल-झटकों से कट रहा है कारागार
नदी की उलीची माटी का नहीं, मानो किसी
वृत्रासुर की अहि-लपेट का
एक उसाँस सुन पड़ती है, तनिक दूर खड़े मुझ तक
और दिखती है खुली-धुली आँखोंवाले उस देव-मुख पर
प्रथम मानव-दर्शन की प्रसन्नता की कौंध
चाहे वह संशयात्मा ही क्यों न हो मुझ-सा।

गंगापुरोहित

गंगा सँवलाने लगी है
उन्होंने चटाई गोल कर ली है
उनकी धरमदुकान अभी सिमटी नहीं है
पर उसने अपने पैर सिकोड़ लिये हैं
वह अब आसनी-भर बची है
उकड़ूँ बैठी है
उठूँ-उठूँ-चलूँ-चलूँ की मुद्रा में
घर जाने के लिए यह चटाई ही सबसे पहले उठती है
हालाँकि वे—पण्डिज्जी
गंगातटीय अपनी कठचौकी पर पसरे हुए
निश्चिन्त बैठे दिख रहे हैं
निश्चिन्तता उनके चेहरे का स्वभाव है
सिन्दूर और चन्दन-रोली के घोल-पात्र—
वे नारियल के अधकपार हैं—तीन
उनके आगे रखे हैं
छतरी तले

उनके आस-पास
जो कथावाचक हैं एक-दो
घाटिया तीर्थपुरोहित सिद्धमुख, उन्हीं के आगे
संझा को रहता है
बहुओं-पोतोंवाली उम्रदराज भक्तिनों का समययापी जमावड़ा
उनमें से प्राय: सबके हाथों में
सब्जी की सट्टी के लिए संग चला सब्जी का थैला
या कोई प्लास्टिक-डोलची
भरने से पहले राह चल आई थी जो डोलती

हल्की-फुल्की
वय-बोझिल कदमों

जबकि वे
गल्पभाषी नहीं, अल्पभाषी हैं
प्रायः अधलेटा रहना उनकी देह का स्वभाव है
और उनका स्वभाव है मधुर
जो रखता है उन्हें मित्र-मण्डलित
गंगा किनारे दिन बिताती उनकी कठचौकी पर
उठते-उठते
मिल जाए कोई भाल टीकने को
कोई धुला-धुलाया अभी-नहाया ललाट
श्रद्धालु और दयालु
उनके सामने आ जाए तिलकाभिलाषी
और जयाशीष देने वाली हारी हुई हथेली में
आ जाएँ दो-चार पैसे
हो सकता है, पान को पुरने लायक
जो खाया जाएगा एक बीड़ा, सुरती का सारथि
घर के गलीमुख पर—
गाढ़ी गोधूलि में लिपटी हुई एक गिलौरी—
और
पुनः-पुनः लाल-पीले रंगघोल में डूबने वाली
दाएँ हाथ की अँगुली-नोक को
पानधारक पत्ते पर चढ़ करतल आने वाला चूना
कर दे उज्जर।

मेरे मित्र क्षुब्धमुख

मेरे मित्र
क्षुब्धमुख
कहते हैं :
असभ्य! बर्बर!
जंगली! जाहिल!
सोचना के आस-पास की इनकी क्रिया है सौंचना
आखिर कब सभ्य होंगे ये
कब तक देश को लजाएँगे
शालीन विदेशी इन्हें देख नाक पर रूमाल दाबेंगे
और कुलीन देसी शाप उचारेंगे, गालियों पर उतर आएँगे
बरदाश्त न होगी यह नंगई निलज!

और मित्त-दीठ पकड़
गंगा की उस विजन तटभूमि पर
छींटे उपजी खेती के पड़ोस में
रेत-माटी के उस ऊँचे-से ढूह पर
उकड़ूँ बैठे, गंगामुखी
मलत्याग करते दो-चार लोगों को
दूर से देखता, कहता हूँ :
सवाल यह है
इनके हगने के लिए
बची रहेगी पृथ्वी कि नहीं
कि पृथ्वी का विपुल विस्तार
पाट देंगी इमारतें
लोभ-भोग की गगनचुम्बी आकांक्षाएँ

हाँ, सवाल यह है
कि वे जो इस पृथ्वी को उर्वर करने में लगे हैं
तलहथियों पर फावड़ों के घट्ठोंवाले
वे जो इस वक्त भी धरती को उर्वर करने में लगे हैं
उनके लिए
बची रहेगी पृथ्वी कल को थोड़ी-सी फालतू
कि समूची की समूची बड़कन के लिए बाड़ेबन्द होगी!?

जिस भिनसार सिहरावन लगता है

जिस भिनसार सिहरावन लगता है उसी दिन देखे गए
शरद के खंजन—
अग्रदूत, जिनके पीछे-पीछे उतरे
मैदानी नगरों में
शहर का शिशिर जिनकी प्रतीक्षा करता है
तिब्बती ऊन-विक्रेता वे
पहाड़ों-से उम्रदराज दिखते बूढ़े
नदियों-सी चिरयुवा दिखतीं स्त्रियाँ
ऊन के गोलों की तरह सहेजे, बर्फ के गोलों सरीखे दिखते
उनके बच्चे, पीठ-बँधे, भोली टकटकी से बाँधते दीठ

वे आए और सज गया
रंगीन स्वेटरों-शालों-मफलरों-मोजों का
शीतकालिक एक गर्मागर्म बाजार
कि हाड़ कँपाती ठण्ढ में
जब सड़कों पर धुएँ के रंगवेश में टहलता है कुहरा
अब तुम आसानी से ढूँढ़ सकते हो
कहाँ है जड़ाते शहर का उष्ण हृदय-स्थल।

दशाश्वमेध घाट पर एक दोपहर

दशाश्वमेध घाट :
सुस्थिर-मन छलान से तट-बँधी तीन-चार नावों का एक झुरमुट
जिनके दोनों सिक्कों पर
उनकी गलही और पछिला पर
पक्षियों का अचानक बस गया गाँव
और लो, अचानक ही उजड़ गया

दस-पन्द्रह
कि पन्द्रह-बीस?
वे उड़कर एक ओर गईं
गंगामैनाएँ
रहवासिन गंगातट की
तट-छोर से दूर—दृष्टि-छोर पर
बढ़ आई गंगा की सिरजी अरार में
भुरकी बना रहने वाली
रेत-नीड़ में
उनके साथ, उनकी चोंच में और आँखों के गिर्द लगा हुआ
नारंगी रंग गया
झपाके से

उनके उड़ उठने के साथ ही
उड़कर गए दूसरी ओर
दो खंजन
ओह! खंजन युगल एक
शीतकाल के यायावर अतिथि
शिशिर के सीमान्त पर

ऊँचे पहाड़ों के निज घर
लौट चलने की तैयारी करते हुए मन-ही-मन
पंख-बल तोलते हुए
लहू में जीवन-संकल्प घोलते हुए
गंगा के मोह में एक-दो दिन बिलम जाने वाले
अस्थिर दुमवाले स्थिरचित्त खंजन
हवा में एक चाप बनाती उनकी क्षिप्र उड़ान
काली-उजली रंगाभावाली

तभी एक सूँस उछली
मछली नहीं, वह एक गांगेय डालफिन
आवाज-तरंगों से टोह लेने वाली
उसकी विशाल मांसल देह
एक उनींदे अन्ध अस्तित्व के नयनाभिराम दर्शन करा गई

उसकी उछाल से
थोड़ी देर जल प्रकम्पित था
जिसे सुतल करती, गुजरी, मणिकर्णिकामुखी
लट्ठों लकड़ियों-लरेठों से भरी
एक पतवारयुक्त मालवाही नौका
जिसकी गलही पर बैठे दो जने
दोनों हाथों से एक-एक चप्पू
चला रहे थे
एकसाथ डुलते आगे-पीछे
आगे नहीं, पीछे देखते
चले चलते तेज-तेज
भुजबल ही पदबल नदी की राह में।

दो डाँड़े चमक रहे हैं

सूर्य हमारी पीठ पर
सम्मुख गंगा

पारतट से
इस तरफ
आती हुई
एक नौका
बहरी अलंग से लौटती हुई

प्रतिकूल बैठा, कूल-दिस आता एक बूढ़ा मल्लाह
उसे खे रहा है

उसके हाथों में दो डाँड़े चमक रहे हैं

उन दो हाथों में
बुढ़ाने पर भी नहीं सूखा है जिनका जीवन-जल
कि जिनमें अब भी फड़कती हैं मछलियाँ
उन साँवले मल्लाह हाथों में जिनमें
डाँड़ों के जनमाए जनमी हैं वे गांगेय मछलियाँ
सख्तजान गांगेय मछलियाँ मल्लाहों की बाहुवासिनी
उन दो हाथों में वे दो डाँड़े चमक रहे हैं
उन साँवले मल्लाह हाथों में जिनमें
गंगास्नान से पहले तेलस्नान करने की चमक
बुढ़ापे से फीकी होकर भी बरकरार है
कि इस दुबली नदी के पोसे
जो दुबले होकर भी दुर्बल नहीं

उन हाथों में
जब पानी से उठते हैं, वे खेवाइयों में खुँसे डाँड़े
उनकी गीली देह को सूर्य
आईने-सा चौंधा देता है
क्षणांश को
वे अभ्रक के बनते हैं
नदी को भूल
सौरमण्डल के केन्द्र से ज्वल-जड़ जाते हैं वे डाँड़े
फिर जब वे
जल में घुसते हैं
दो अंजलि सूर्याभा
नदी में घुलती है

नदी केवल हजार तरह से नहलाती ही नहीं
सूर्याभा से स्नात होने की अपनी इच्छा
हजार ढंग से पूरी करती है
कभी तुम्हारी दीठ में कौंध जाता है कोई ढंग
अपने सारे रंग के साथ

और वह तुम्हारे पुनर्जन्म का पल होता है

पुनर्जन्म! चाहे वैसा नहीं
जैसा मणिकर्णिका की मुरदघट्टी से सस्ते छूटे
टिकठी के उन बाँसों का
जो डाँड़ों में बदले हैं
सखुए के पाते का चौड़ा माथ लगाए
चिताओं की ज्वालाओं से एक दिन तपकर
शेष जीवन जो अपना जिस्म बुझाते हैं पानी में

और
पारतट से इस ओर आती नौका
लोगों और धूप और तुम्हारी एकटक दृष्टि को लादे
लौटती है
और

अवार तट पर तुम देखते हो
उस पार जाने
नदी-जल में घुटनों तक डूब
मल्लाह के चढ़ने से पहले
नौका की गलही पर
तट से ही फेंकी—चढ़ती हैं
चप्पलें उसकी।

संझा-झंझा

आ गए भोला
मुँह में एक पान का कोना
और हाथ में पान का दोना लिये
आ गए भोला
राजेन्द्रप्रसाद घाट की सीढ़ियों पर
संध्याभिभूत बैठे लोगों में
पर्यटक ढूँढ़ते या नौकायक
कोई
जो उस शाम नौका-नायक बनने लायक हो
उनकी उस नउकी नौका का नायक
जिसका नीला रंग
नीलाकाश-रँगी गंगा ने मानो अपनी
थपकीली हथेली से लगाया है
एक सूनी दोपहर

आ गए भोला
नदीस्नान से पहले तेलस्नान करने की चमकवाली
साँवली देह के हँसमुख
मालिक

नदी की ओर इशारा करती हुई बाईं बाँह लिये
बाँह गहने नदी में विचरती आँखों की
आँखों में झाँकते
पुतलियों में के जल-बिम्ब को
अपनी आँखों से जैसेकि एक गीले कपड़े से पोंछते-चमकाते

भोला वल्द सीताराम माँझी
जलतल पर तिरती जिनकी तीन नौकाएँ
चूल्हे पर चढ़ी चावल की हँडिया है उनकी
स्लेट पर लिखे तुतले शब्दों की वाष्प-सुगन्ध आती है जिससे—
कि तरणियाँ उनकी जीवन-तरणी

आज तो बहुत तरंगित है नदी का चित्रपट
हवाएँ हैं तेज
पारतट की रेत से धूसर हो-हो जाता आस्मान
मुँद-मुँद जातीं आँखें
उधियाते कपड़े
मछली बनता-बनता मन पक्षी बन-बन जाता है
ऐसे में नौकाएँ हेल नहीं रहीं, नदी से खेल रही हैं

भोला की वह नउकी नौका तो कुछ ज्यादा ही खुश है
जिससे लगे खड़े हैं रामदुलार
भोला के दूर के, नउकी के निकट के, चच्चा
नदी के रक्त-सम्बन्धी
जिनके कन्धे पर नदी
गमछी की शकल में पड़ी रहती है
जब कभी वे दूसरे नगर जाते हैं तब भी
वे ही, रामदुलार मल्लाह, शैशव से ही शुरू हुई
गलही से जिनकी गलबाँही
खुँटियाई सफेद दाढ़ी पर फेरते हाथ
साठ साल के जिनके दो दुबले हाथ
मजबूत डाँड़े हैं
उनकी ही जीवन-नैया के नहीं
नदी में लगी हुई तमाम नौकाओं के
वे कड़ेर काठीवाले चपल चप्पू सरीखे
नौकाओं के दोनों ओर जो खेवाइयों में खुँसे हुए
सखुए के पाते की चौड़ी हथेली खोले
नाव की कनपटियों पर उगे लगते लम्बूतरे कानों की तरह
गदहे के कानों की तरह उन्हें कभी फड़फड़ाना चाहती हैं नावें
सन्धों-रन्ध्रों में राख-मिला अलकतरा जब कसमसाने लगता है

निठल्ली दोपहर में जब मरिया में भरे होते हैं
चुल्लू भर पानी के चौतरफ लोगों के नहीं, धूप के पसरे पाँव
नाविकों को बुलाना चाहती हैं
सखुए की नीरव देहवाली नावें शीशम के मुँह से सस्वर
अपने पास, उन्हें सैर करा लाने के लिए
जब सैर की प्यास लगती है उन्हें
बैठे-ठाले जी ऊब जाता है
कभी तट की ओर आई मछलियों के टहोके
बरदाश्त न होने वाली सखियों की ठिठोलियाँ लगते हैं
पानी से तनिक ऊपर उठी दुम के ऊपर—पछिले
पर जुड़ आई चिड़ियों की पंचायत
जरा न सुहाती है
वे जलतल पर खुला हुआ कम्पित करतल-भर नहीं
पर्यटक-पदतल के लिए
उनका अपना अगाध अतल है जिस तक
पहुँचते हैं बस बूढ़े मल्लाहों के सहलाते खुरदरे हाथ

नाव की ओर से
घाट की ओर मुँह किये
अपनी छोटी चमकती आँखों से
सीढ़ियों पर खड़े भोला माँझी की
फैली बाँह को ताकते हैं रामदुलार मल्लाह
जिसकी फैली हथेली पर उनकी दो आँखें रखी
होती हैं बाँहें बढ़ाए
दो बाँहें रखी होती हैं आँखें खोले
नाव के पास, हाँफने को आकुल उनकी छाती
काँपती है
आशा से, आशंका से

इधर जब
नदी-विहार का न्योता लिये
आखिर सिमट आती है भोला की बाँह
जाल-सी, जिससे निकल गया हो जल ही जल
उधर

बुझती हैं रामदुलार की आँखें
आज भोला से बाँटने को
बस फाकाकशी है आधा-आधी
कमाई नहीं
वक्तगँवाई

दो पल को बुझे रहेंगे रामदुलार
फिर भक्क से उजलेंगे
धीरे-धीरे साँवर से झाँवर हुआ उनका चेहरा
हँसी से दमकेगा
आवाज दे, भोला को बुलाएँगे पास
कहेंगे, चलो आज
तुम्हें ही घुमा लाएँ
सैर कर आएँ अपन साहबों-से
देखो, नदी आज कैसी निहाल है
खेने में चाहिए जितना जाँगर का जोर
नौका में बैठने में चाहिए आज उतना ही जोर मन का
ललबबुओं के बस का नहीं यह, सुनो हो भोला
कह, ठठाएँगे रामदुलार
नदी की ओर बढ़ाए दोनों हाथ
बायाँ—जिसकी हथेली की जीवनरेखा चूने से उजली
और दायाँ—जिसके अँगूठे के फलक को
खैनी के सिकुड़े पत्तों ने कुछ और फैलाया है।

सन्त विवेकदास

आओ विवेकदास!
गंगातट पर घण्टों बैठ
अचानक कभी यहाँ कभी वहाँ उभरते ही गोलाकार डुबकी लगाते
ऊदबिलाव को देखा जाए
कि तुम्हें अपने ननिहाल की नदी की सोंस याद आए
और अपने नाना की नवोढ़ा
विवाह से पहले ही पूर्वप्रेमी से गर्भवती हुई
जिसे विदा करा
नाव से खे लाए थे तुम्हारे नाना
मँझधार में डुबो देने
जैसे पटसन के बोरे में पत्थर हो पेट में पलता-खिलता
वह प्राण-पुष्प
घूँघट के घेरे में घुटती बिला गई थी वह अमाता
जो तुम्हारी नानी न हो पाई
(और न तुम हुए कोई कबीरदास, बने विवेकदास ही)
जिसके लिए कहा गया कि तट पर पाँव रखते ही नौशे के पीछे
दूसरा पाँव खींच ले गई उसे सोंस कि जैसे नैहर दिस
ललकते-पलटते मन
के साथ तन को भी
किनारे पर रख दिये गए उसके कुछ साज-सामान—
सन्दूकची, सिंधोरा, खूँट में खोंइचा बाँधे पियरी चुनरी...
नदी के जल में तो नहीं, लेकिन इलाके के जन-मन में
मच गई खलबली
मौका-मुआयना करने आए दारोगा और
अँगरेज कलक्टर की आँखों के
आगे

अचानक नदी में उपलाकर पैठ गई एक घड़ियाली पीठ
—वह रही सोंस!
साँस में आई साँस
पुष्ट प्रमाण—प्राण-त्राण
आई अगले साल तुम्हारी भावी नानी—
अपर गाँव की कृशोदरी किशोरी—
तुम्हारी माँ की माँ बनने
लेकिन तुमने उस डूब मरी नवोढ़ा मातामही के गर्भस्थ ज्ञान को
अपने प्राणों में पाल लिया
प्रेमपीड़ा से जग की कालकोठरी को उजियाल लिया
भविष्य को न भँसने दिया
न अतीत को धँसने
कबीर ने नीमा को ही माँ माना था
अपनी नानी-माँ को तुमने नीमा ही माना
हुए विवेकदास
कबीरपंथ के पथिक
सत्य-साधक।

जेठ चौदसी, गंगातट

साँझ का चँदोवा
धीरे-धीरे तनने लगता है
आकाश में
हमारे तपते माथों के ऊपर

नदीतट तक आते
गोधूलि गहराती है

पारतट के पार
उगा होता है
क्षितिज के माथ
ज्येष्ठ चतुर्दशी की रात का चन्द्रमा
पूर्णप्राय

सामने, जल में
चाँदनी का एक खेत
चन्द्रिल लहलहाता हुआ

उसके बीच से
बगैर उसे रौंदे
बीच-बीच में गुजर जाती हुई विहरती नावें
नीरव नावें, परछाईंहीन

बिम्बित हो, दुगुनी होती नावें नहीं
सब इकली इकहरी—अद्वितीय
उन्नत लहरमाथ से बिछलकर
चढ़ जाती हुई चाँदनी, साँवली नाव-छाया पर

सुनहरी वर्क-सी मढ़ जाती हुई
जलरव तो
नहीं सुनाई पड़ता हुआ
घाट-किनारे के जनरव में
चाँद के लैंप में ही दिखता
उसके उजेले
कि ज्येष्ठ-कृश नदी-जल में
उगती-उमगती हैं लहरें
बस उतनी दूर में, जितनी—
नेत्रपान-भर चाँदनी हमें चाहिए
और हमारे कुर्तों को अंगराग-भर

चाँदनी का वह
कितना अद्भुत खेत
सामने नदी-जल में
खुला-खिला हुआ
नदीतट के घाट-मढ़े पसार पर, दूर तक
बैठे हुए जनों का
अलग-अलग अपना-अपना
चाँदनी का अद्भुत जलखेत
केवल अपना उजागर
अगल-बगल के दूसरे खेतों की
दूसरों के खेतों की
चँदखेती—अगोचर

आँखों की पुतलियों की बँधी दीठ की खुली बाँहों बीच
सहेजते बैठे थे हम अपनी चँदखेती
कि कहा साथी विवेकदास ने
कबीरपंथी मित्र हमारे साधु विवेकदास ने
जेठ पूनों है कल
कबीर-जयन्ती—
प्राकट्य-दिवस कबीर का
हमारा उत्सव!

दिखा हमें—जेठ चौदसी की रात, गंगातीर
जेठ पूनों का दिन—कितना उचित
कबीर के जनम के लिए
जिसका कण्ठ एकसाथ तप्त और तृप्त
हालाँकि हमने बातें कीं
कि जन्म-तिथि रही हो कोई भी
जन-मन में प्राय: पूर्णिमा को ही प्रकटते हैं सन्त
हम तक पहुँचने, समय की दूरी को जो
आकाश लाँघते प्रकाश-सा
लाँघते हैं

क्योंकि अपने पूरण पुरुष के वे सखा
पूनों की चाँदनी उनकी जीवन-चदरिया, जतन से ओढ़ी।

एक सहस्त्रमुख दीपाधार

एक सहस्त्रमुख दीपाधार
(हजारा कहते हैं जिसे)
नतमुख खड़ा है
गंगा के तीर
बगल में उग आए एक सिद्धपीठ की पीठ
लगती है उसकी आकृति से
अपनी परछाईं-भर भी नहीं फैल सकता वह
वह सहस्त्रमुख दीपाधार
जो दिशाओं के आनन में गुलाल मलना चाहता है ज्योति का
लोक में आलोक भरना चाहता है
खड़ा है उदास
विगतवैभव
अबुझ आस्थाओं का दीपस्तम्भ
लिये प्राचीन शिल्पित मुख पर लिखित नवीन चिन्ता-लेख

विगतवैभव?
नहीं तो!
कार्तिक की पूर्णिमा का चन्द्रमा
जलाने को उसकी एक हजार ऊर्ध्वमुख बातियाँ
उतरता है अब भी पृथ्वी पर
जिसके कर-स्पर्श से
खिल जाती हैं उस दीप-वृक्ष की एक हजार दीप-कलिकाएँ
उसकी प्रकाशोन्नत लौएँ उसे आकाश में उठा ले जाना चाहती हैं
कार्तिक की पूर्णिमा का चन्द्रमा
उसी के लिए गंगास्नान कर
गीले तलवों से चढ़ता है घाट की सीढ़ियाँ

घाट की सीढ़ियों के पत्थर
सुधा में सुधि खोयी शिलाओं में बदल जाते हैं
सोमरस छकते हैं जब
घाट किनारे के इक्का-दुक्का पेड़ बड़-पीपल के

वही—सहस्रमुख एक बुझ रहा दीपाधार
समय की हवाएँ बड़ी तेज, जिसे धीरे-धीरे बुझा रही हैं
गंगा किनारे नतमुख खड़ा
देखता है
पर्यटक डोंगियों को अपने मंथर मजबूत हिलकोरों से
एक ओर करती
मणिकर्णिका की ओर
खिंची आ रही है एक बड़ी
कर्णवती मालवाही नौका
लकड़ियों से भरी
किन्हीं जंगलों की अस्थियों से

देखता है, कब से देखता रहा है
वह सहस्रमुख दीपाधार
खड़ा-खड़ा नतमुख
पर निष्कम्प।

वह सहस्रमुख दीपाधार

सहस्रों की भीड़ उमड़ रही आज गंगातट
जलाने दीप
देव दीपावली के
इस गांगेय नगरी का अपना उत्सव जो—खास अपना

कार्तिक पूर्णिमा का चन्द्रमा उगेगा
अभी थोड़ी देर में

उजलेगा सहस्रमुख दीपाधार, आज दिवस उसके
दिपने का पूर्णचन्द्रप्रतिद्वंद्वी

उमड़ते जनों में मिले घुमड़ते मन वाले मेरे मित्र मुझे
संवाद दुखद
पिछले पखवारे
हठात् विलगे दो दोस्त
एक की हत्या हुई रात सोते में, वह जो जागते में
राहगीर चींटी को भी
बचाकर चलता था
दूसरे ने आत्महत्या की एक सुबह जागकर, क्या जागते सचमुच?
एक लड़ न पाया उठकर धराशायी खाट से
दूसरा लड़ता रहा सोये-लेटे खुद से जाने कब से
आँखों के अलोत, हमारी आँखों के अलोत
अब तो दूरतम से भी दूर सदा के लिए हमारे निहत निकटस्थ
किन्हीं शोरों ने सोख ली हमें बुलाती उनकी पुकार
हमारे मौन को पाषाण में बदलते हुए
वायुमण्डलव्यापी सुरीले-बेसुरे शोरों ने

और अब उनकी पुकार के अक्षर-मुख कभी न दिखेंगे
जब-जब, अब सदा के लिए शंकालु, हवा की हलकी-सी
खटक से चौंक-चौंक
हम खोलेंगे दरवाजे की सिटकिनी और बाहर झाँकेंगे
बस उनकी निरक्षर पुकार को जीवाश्म की तरह धारे रहेंगे हम
हृदय की पाषाण-पर्तों में
वह होगा हमारा विश्व-बोध! जीवन-मर्म!

उनका अकालनिधन सूना कर गया जीवन-जगह
हमारे हृदय में भी
सहस्त्रमुख हृदय-दीपाधार के दो दीपमुख टूट गए
उतावले हुमचते तलवों तले जो हो रहे मानवी
हथेलियों के दानवी सहोदर
दो मुखदीप बुझ गए हिंसक हवा में समकालीन समय की

उत्सव की आभा से उजियारे चेहरे नागरिकों के
दीपाभा से सहसगुन उजलने की जगह औचक धुँधलाए
हमारी आँखों के आगे
कि तभी
उगा पूर्णचन्द्र कार्तिक का
पूर्वदिशा में एक बहुत कोमल सूर्योदय-सा
लेकिन नहीं! उसका मुख गेरुआ गम्भीर
समव्यथी वह दुखिता पृथ्वी का
शायद सही हैं वे खगोलविज्ञानी
जो चन्द्र को धरती का छिटका हुआ हृत्स्थल बताते हैं
जिसकी जगह, उतना ही बड़ा गोलाकार
लहराता-हहराता है प्रशान्त महासागर चन्द्रचुम्बी ज्वारोंवाला

चन्द्र वह, धारता है जो अपनी कलाओं को
एक-एक कर खोने का दुख
पूर्णिमा में भी अमावस्या को न बिसारता, न बिसूरता

अँकवार में भर-आता-सा वही चन्द्र
छाती पर बँधी बाँहें खोलते ही
दग्ध छाती पर चन्दन मलता, पोतता सुधा हृदय के

मृत्युरंगी अँधियारे पर

और लो! कि जल उठी हैं चन्द्रमुखी बातियाँ, उजल उठे हैं दीप
प्रस्तर-भित्तियों पर कढ़े हैं प्रकाश के बेल-बूटे
घाट की सीढ़ियों ने पहन ली हैं दीपमालिकाएँ कब से
गूँथ रहे थे जिन्हें
अतिव्यस्त बालक-दलों से लेकर अलमस्त अधेड़ जन तक
तट-निकट के
घरों के

और आस्थामती अंगनाएँ आँचल की ओट में लिये
आँगन का उजाला

वे जो दीये सजाते, तेल जुटाते, डारते डोरे की बाती
उत्सव का उत्स उन्हीं के अशुष्क हृदय में
वक्ष-गुहा में पलती हुई उन्हीं की प्रकाशाभिलाषा
प्रकटती कातिकी पूनों का कौतुकी पूर्णचन्द्र बनकर
सम्मुख उनके सम्मोहक
कि बरस-दिन की प्रतीक्षा पूरी कर धीरे-धीरे जल उठा है वह
सहस्रमुख दीपाधार

पूर्णचन्द्र को निर्निमेष निहारता सहस्राक्ष
नेत्रों के सहस्रबाहु आलिंगन में भरते जिसको हम थकते न तनिक

हाँ, हौंस से बढ़ाना होगा हौसला
दौड़-दौड़ दीयों को जिलाते बच्चों का

जले मेरा हृदय निर्धूम निस्सन्देह
सहस्रमुख दीपाधार के एक खण्डित दीप की जगह
जब तक जल सके
तब तक, हाँ मैं चाहता हूँ तब तक तो जरूर ही
जब तक गगनारोही चन्द्रमा को दे न दे
धरती की प्रकाशित बाँह-सा हिल
सहस्रमुख दीपाधार
विदाई।

काशी के तकवाहे

आप अभी पहुँच साँस भी थिर न कर पाए होंगे
दृश्याभिभूत खड़े
कि वे दूर से बुलाते हैं :
अरे! उधर क्यों खड़े हैं
इधर आइए
इत्मीनान से बैठिए
देखिए, दृश्य मनोरम
अहा! काशी की महिमा!

वे चाटक हैं
चातक हैं स्वाति-बूँद के
यानी, महानुभाव!-आपके निर्मल मन के
वे जो अमरित-बूँद से विमल बोल टपकाते हैं कानों में
आपको चाटेंगे
अपनी वाचाल जिह्वा से
आपादमस्तक
आपका बायोडाटा लेने के बाद
आपका गोत्र तक पूछेंगे
आप गात्र के अलावा और कुछ लिये नहीं फिरते
यह आप कहें भी तो वे न पतियाएँगे
बतियाएँगे और बतियाएँगे

वे आपकी प्रतीक्षा में ही
बैठे हैं, पालथी मारे
गंगातट
उनके पान गुलगुलाते मुँह में

बतकहियाँ मचलती हैं
वे मल्लाह-मछेरे नहीं
टीका-शिखाधारी कोई पण्डिज्जी हैं
दो-चार श्लोक और पाँच-छह चौपाइयों के
स्मृतिधारक उच्चोच्चारक
फिर भी, उन्होंने भी
अपनी एक वंशी डाल रखी है
लेकिन वह
गंगाजल में नहीं
जनगंगा में डूबी है कहीं
तभी, गंगा को पीठ दिये
सीढ़ियों से मुखातिब
बैठे हैं वे
उतरते आते लोगों को टोहते
राह जोहते
आपकी ही

हाँ, हाँ, जाइए
इत्मीनान से बैठिए
अपने पास की जगह उन्होंने अँगोछे से झाड़-पोंछ दी है
यही उनका नित्य-क्रम है
नित्यक्रियाओं से निबट, दिन के भोजन के बाद घण्टा-भर सो
बूटी छान
वे गंगातट का रुख करते हैं
और चेहरे पर एक चौड़ी मुस्कान लगाए
जन-संकुल घाट पर आ जमते हैं
ग्रीवा उठाए, सीढ़ियों की ओर मुखातिब
अनथक ताकते जनमुख
बूझते-से मनदुख
वे उस आदमी की प्रतीक्षा करते हैं
जिसके साथ बाँटा जा सके समय
जिसके पास हो थोड़ा-सा इत्मीनान
एक बार करीब बैठने-भर

बस एक बार!
क्योंकि वे जो स्वागत-अधिकारी दिखते हैं इस घाट के
पलक-पाँवड़े बिछाये, मुस्काते, पास बुलाते
आपके बैठने की जगह
अपने अँगोछे से झाड़ते-पोंछते
मृदु बैन बोलते
उनके पास बैठकर उठे हुए लोग
यदि बाहर के हुए—पर्यटक, परिभ्रमक
प्राय: नगर में
दुबारा न आने का संकल्प लिये उठते हैं।

धुएँ के पेड़ की तरह उगी है

धुएँ के पेड़ की तरह उगी है
उस पार वहाँ एक चिमनी
पेड़ों की हरित पट्टी के पीछे
पेड़ बनी
खड़ी है एक चिमनी
धुआँ उगलती

गंगा के इस पार
तट पर बैठे
आक्षितिज देखते
देखते हैं हम
पेड़ों के तनों में छुपी
नहीं दिखती है
चिमनी की साँवली लम्बूतरी लौह-काया

लेकिन हम जानते हैं
हमारी दृष्टि के विरुद्ध
हरे-भरे पेड़ों को छाल की तरह पहने
खुद को छुपाए
वहाँ खड़ी है
आलिंगन में लेने वाली बाँहों को झुलसाने वाली
एक उत्तप्त चिमनी
एक धमनभट्ठी के दहकते हृत्पिण्डवाली
हम जानते हैं, वहाँ खुला है एक धूमध्वज कारखाना
पश्चिम की तकनीकी उतरन होते भी
नई उद्योग-नीति के उद्वेग से भरा

जिसका श्रेय लेने को
मुस्कराते खड़े हैं अखबारों की तसवीरों में
उद्योगमंत्री और वित्तमंत्री और व्यापारमंत्री और
प्रधानमंत्री और
मंत्री-दर-मंत्री
इलाके को सौंपे गए उस उपहार का श्रेय

उनके लेखे
धूम्रलेख में अँजता हुआ
वह विकास का अग्रलेख है
नीलाकाश की पाटी पर

संशयात्मा उनका दिया चश्मा पहनें
या अपनी आँखों का इलाज कराएँ
चाहें तो वंध्याकरण-शिविर के बाद लगने वाले
उनके अन्धाकरण शिविर में
जिसे वे कहते हैं नेत्रदान-शिविर
उन आँखों का इलाज जिन आँखों से दिखती है
पेड़ों के बीच अदीख
खड़ी, उर का आक्रोश उलीचती वह करिखाई चिमनी
हवा के हवाले करती अपना जहरीला धुआँ कि आत्मसुखी
चौमुखी विनाश-कामना
हवा के रह-रह बदलते रुख की खींची धूमरेखाएँ
दिशा-दिशा में उधियाते कर्कश झोंटों-सी दिखती हैं
उस चिमनी के माथ
प्रलम्ब खड़ी भी जो झूमती-नाचती है
पूँजी का डायन-नाच, उर में स्वार्थ आँखों में द्वेष भरे
अधरात नहीं, दिन-दहाड़े
शहर के सुहाने माया-जगत् के सीमान्त पर
और न रह जाता संशय
कि वहाँ त्राण नहीं, त्रास है
सामने क्षितिज पर लिखा हुआ धूमाक्षरों में
ओह! वे आँखें कि जिन आँखों को दिखता है
गंगापार, पेड़ों के पीठ पीछे धुआँ उगलती वह चिमनी

साम्राजी पूँजीवाद के दैत्य-मुँह में दबा हुआ चुरुट है
अप-टू-डेट, जो उतरा है, बदले भेष, माया-वस्त्र पहने
इन्दिरा गांधी अन्तरराष्ट्रीय हवाई अड्डे पर बिछे लाल कालीन पर
ठाठ से चलता
बिछा लाल कालीन—जो हरे खेत हैं भारत-भू के
फेफड़े हैं भारतीय जनों के
जीवन-भविष्य भारतीय शिशुओं का।

हेमन्त

नदी में जहाँ
सूरज का बिम्ब है
दूर से वहाँ
ऊर्मि-मुख चमकते हैं
बगल में आ के कह गया एक बूढ़ा किसान
देखिए भइया, लगता है
हीरों की खेती है

चौंक, बगल में देखा मैंने
वे गाँव-छूटे बूढ़े किसान के
अधेड़ शहराती बेटे हैं—
मलेरिया डिपाट के भोलानाथ
सेवानिवृत्ति की प्रतीक्षा गंगातट पर करते
अवकाशों को आकाश बना देना चाहते हैं जो जल्दी से जल्दी

उनके साथ ठगा-सा देखता रहा मैं
सूरज के साथ
तिरता है यह हीरक क्षेत्र
पल-पल विद्युत्द्युतित—
बहुत धीरे
धारा के विरुद्ध

देखता हूँ
धारा के साथ
पूरब की ओर उड़ती-तिरती जो आई हैं
पनतिरी चिड़ियाँ
बड़ी पनडुब्बियाँ

कैलास ऊँचाइयों से उतरकर
पंखों में हलकी कलछौंह लिये ये उजले शिवहंस
उठा लाए हैं थोड़ा-सा हिम हिमालय से
देने हेमन्त को
यहाँ
गंगा-यमुना के दोआबे में
उनसे
शीतकाल के अतिथि उन यायावर पाखियों के समूहों से
बढ़ती जाती है धीरे-धीरे दूरी
जलखेतों में तिरती सूरज की हीरकखेती की
कि उनके मिटते धवल पर-चिह्नों को पूरते हैं प्रभा के पैर
कि मानो लौटता हो
शीतान्त पर लौटने से पहले
हिमानी ऊँचाइयों को
उनका मन

तभी दिखता है
इधर
सूने तट के निकट
इक खंजन
वहीं कहीं होगा उसका साथी भी
किधर?

कि दिखाते हैं भोलानाथ
उधर!
वहाँ, वह!
उठती-गिरती चंचल काली दुम
जमीन पर फुदकती नहीं, दौड़ती
नन्ही अभिराम आकृति
सफेद-सिलेटी
जो कभी भी उठ पड़ेगी लहराती लघु उड़ान में

नयनाकार खंजन!
ये खंजरीट हैं

हिम-किरीट के जीवित मणि अमोल
शीतावकाश में
जो बन्द कर आए हैं कश्मीर का अपना घर
दरवाजे पर ताला लटका आए हैं बरफ का
बीते जाड़ा
लौटेंगे
बाँधेंगे जोड़ा
बुनेंगे घोंसला
जिसके मुलायम प्याले में
मादा देगी अण्डे
चार या पाँच
सफेद-सिलेटी
भूरी बिंदियोंवाले

अचानक गम्भीर-मुख
पूछते हैं भोलानाथ
भइया
क्या लौटेंगे इनके साथ
इनके पीछे-पीछे
गंगा-यमुना के दोआबे में
तम्बू-बस्तियों में रहने वाले
कश्मीरी विस्थापित
होगा उनके हेमन्त का अन्त
उनके घर पर जड़ा हुआ बरफ का ताला
खुलेगा क्या शिशिर-बाद इन गरमियों में
कुमारियाँ बनेंगी वधुएँ, वधुएँ माँएँ
क्या उनका वनवास बीतेगा?

उत्तर में मेरे पास निरुत्तर है
ताकता उत्तर-दिशा, मौन!

नगर की आँखों में बसी है असी

असी
वही—वाराणसी की वरुणा का विपरीत ध्रुव
वही असी जो नदी से नाला हुई है
जलपक्षियों ने त्याग दिया है जिसे
भूल गया है नगर जिसे एक नदी के रूप में
एक सीमेण्ट की नाली में बहती जाती है जो मौन, मुर्दार
एक नामशेष नदी
हिमालय तक पहुँची है उसकी हाय
इन्द्र ने सुन ली है अबके उसकी
वज्रधर इन्द्र वज्रबधिर नहीं हुआ अभी

इस भादों की बरखा में
गंगा में पानी जब हो गया है खतरे के निशान के पार
केन ने तो बाँदा को जल-प्रलय में डुबो दिया है
(चिन्ता होती है, कैसे हैं कवि केदार
बाँदा की झोंपड़ियों, दियासलाइयों, बच्चों के साथ-साथ अपनी
कविताओं के कागजों को
दोनो हाथों में समेटे
कौन-सी सूखी जगह पाएँगे अपना उमड़ता हृदय लिये)
तब यह असी
एक सुबह नाले से नदी में बदल जाती है
बालसूर्य देखता है उसमें अपना चेहरा
छोड़कर उमड़ी अधीर गंगा-यमुना गोमती-गोदावरी को
इस भरी-भरी असी को ही बनाता है
अपनी आँखों में आँखें डालने वाला आईना—
मित्रस्य चक्षुषा ताकने से पहले पूरी पृथ्वी को—

उन दो-चार खुश तटवासी पेड़ों के साथ
जो रातोरात वृक्ष बन गए हैं
पड़ोसी निकटस्थ नये निर्द्वंद्व मकानों के जिनका चेहरा फक् है
रंग-रोगन के बावजूद
रातोरात पुराना पड़ा-सा
फिक्रमंद

अब आज
नगर में आया हो कोई महामहिम
देश-परदेश का
कोई धर्मगुरु, कोई जादूगर या कोई भी नेकनाम या बदनाम
होटल के पलंग पर या अखबार के पन्ने पर ही पसरा रहेगा
पाँव धरने की जगह न होगी आज नगर की आँखों में
नगर की आँखों में बसी है आज असी
असी की पुलिया पर रुकते हैं आज दोपहिए और दोपाए
ठिठकते हैं तिपहिए
यातायात है हर्षावरुद्ध
नदी के नाला बनने पर निकली थी न जो आह हृदय से
नाले के नदी बनने पर निकली है वह विस्फारित
आँखों से वाह बन!

नदी के रंग को अपने नखों में लिये

नदी के रंग को अपने नखों में लिये
गोधूलि अपनी धुली पगतली
दशाश्वमेध घाट की चौकियों पर रखती गई कब की
रोली-चन्दन की कटोरियाँ समेट
नदी के निकट की उस चौकी पर, छतरी के बाहर
गीले तलवोंवाला अँधेरा
अँगोछे से मुँह ढाँप सुस्ता रहा है
जिसके बगल में
कुछ सोचता बैठा है वह जजमान नहीं, रमजान
सुदूर साहेबगंज का
दरभंगा के हनीफ का फूफाजाद भाई
हनीफ जो रिक्शा खींचता है यहाँ बनारस की सड़कों पर
हाँ, वही हनीफ जो अपने गाँव में हरफनमौला कहाता है
पेचकस से खोलकर जाँच लिये जिसने दुनिया के सारे पेच
मिला तो नहीं आज, दिन भर ठौर-ठौर हर रिक्शा को
देखा किया गौर से
उतने ही गौर से जिससे यहाँ इस अँधेरे में
फैली-पसरी हुई देहों को देखते हैं मालिश करने वाले
हर देह में उस एक दुखती हुई नस को सुखती नस करके
पहचानते हैं—
रखते हैं ठीक उसी पर हाथ
पीठ की पसलियों में बाँहों की मछलियों में
पहचानकर तैलाक्त उँगलियों के सुखावर्त
चमकती हैं उनकी टोहती आँखें जोहती आँखें
बार-बार रमजान की टटाती देह पर जुगनुओं-सी गिरती हैं
जिन्हें अन्यमनस्क झाड़कर हटा देता है

अनसोचती उँगलियों, कुछ सोचता हुआ बैठा रमजान
सुदूर साहेबगंज का

सदानीरा गंगा को शीशतल किये
दशाश्वमेध घाट की उस चौड़ी कठचौकी पर
वह जो सो रहा है पचीससाला नौजवान
अँधेरे में भी मद्धिम नहीं पड़े हैं जिसकी लुंगी के चारखाने—
एक आदिवासी हाट की गन्धवाले
किसी पण्डे-पुरोहित का जजमान नहीं
वह रमजान है रमजान सुदूर साहेबगंज का
दरभंगा के रिक्शावान हनीफ का हमउम्र
फूफाजाद भाई
हनीफ न सही, उत्तरवाहिनी गंगा के दर्शनों से ही खुश
अपनी उदासी में भी
हाँ, वह रमजान है, एक रिक्शे का जीवित अर्धांश नहीं
हालाँकि उसे खोजना है अभी दिन-दिन-भर
इस शहर में वह एक रिक्शा जिसके पैडिल
उसकी पिण्डलियों के हैं सहोदर
और जिसके हैण्डिल की मूठों को उसके हाथों की मुट्ठियों
का है इन्तजार
उसके हड़ियल हाथों की कसी मुट्ठियाँ
सिरहाने की नदी जिनमें अभी नींद बन बँधी है—उसके गाँव
की ओर जाती गंगा
और शायद स्मृतिशेष अम्मा की दूधिया याद
जो जब-तब चमक जाती है
उसकी तनिक उदास हँसी में
तमाम सोचों के बीच
सपनों के बीच।

साँझ

सूर्यास्त से पहले
एक सुनहली उजास
नदी का कायाकल्प कर रही है
मायाकल्प

नदी—जिसका दुबलापन
मन को दुबलाता था
तनिक पास बैठते ही।

(दो)

छायाएँ पसर रही हैं चुपचाप
घाट किनारे के मकानों के माथे पर
सूर्याभा की टोपी है
सुनहरी जरी की।

साँझ ढले

साँझ ढले
चोंच में एक तिनका दाबे
बड़े डैनोंवाला एक पक्षी
गंगा के ऊपर का आकाश लाँघ रहा है
चिचियाती मँडराती
घूमती गोल-गोल
वृत्त को बड़ा-छोटा करने का कोलाहल और
कुतूहल भरा खेल खेलती
समूहजीवी चिड़ियों के बीच से
रास्ता निकालता

उस पार
सिकता से आगे
दूर वह जो हरी-सी पट्टी है
उसी में होगा उसका कोई वृक्ष
इस पार नगर में
इकले दुबले जो पेड़ हैं यहाँ-वहाँ
पुकारते हैं उस ओर मुँह किये
उन्हीं की पुकार का
है एक टुकड़ा आलाप उस चुप चोंच में
वह तिनका
और उधर से
वे वृक्ष भी तो बुलाते हैं
बाँहें फैलाए
बाँहें हिलाते
खग-दूत उनके

आकर बैठते तो होंगे
पंजों में प्रेम और पकड़ लिये
इन पेड़ों की डालों पर
फुनगियों पर
किसी इकली चिरैया के लिए कभी करते मनसाइन

अरे! वह पक्षी
वही तो है
चोंच में तिनका सँभाले
वापिस उड़ता
उत्तर या शायद प्रत्युत्तर
लिये जा रहा है
डाकता नदी
दिन की अन्तिम उड़ान उड़ते हुए
उस पारगामी पक्षी को
जिसकी चोंच में तिनके की शक्ल में
दिन का सारांश है
दृष्टि के छोर तक
विदा कर
जब आँखें लौटती हैं
देखती हैं अब तक जो
दिखकर भी अनदिखा था
इस पार
घाट किनारे
बिजली-बत्ती का
जो एक त्रिशिख खम्भा है
उसकी सन्ध पर
तिनकों से छाया हुआ
एक पंछी-भर का आकाश है
एक विहगबसेरा
किसी नागरिक पंछी का
आ ही रहा होगा वह सूर्यास्त की ओर से
उसकी लालिमा का अन्तिम तिनका गहे
अपनी साँवली चोंच में सावधान।

नीललोहित कबूतर

नीललोहित
कबूतर
घाट किनारे के
अतीत-रँगे मकानों के
स्थापत्य का हिस्सा हैं
जैसे कोई बड़ी बारीक कारीगरी—
कमाल की—
जीवित
जैसे पत्थर का हृदय

मुँडेरों से
रह-रह उड़-उड़कर
कबूतर जाते हैं
नदी के ऊपर मँडराते
और सुनील आकाश से
चोंचों में भर लाते हैं
धूप के तिनके
ठण्ढी मुँडेरों पर गोखों-खोखों में
जिन्हें जमा करते हैं
किन्हीं अँधेरी आशंकाओं के विरुद्ध
उजले विश्वासों के अण्डों के शीशतल।

वह व्योम-क्रीड़ा

वह व्योम-क्रीड़ा
एक पक्षी-दल की
पल-पल बदलती
उड़ानाकृति

मँडराते-मँडराते
उनका लेना आकाश
कुछ इस तरह कि
लख भी न पाए हम
उन्हीं को निहारते
गति-आकृति-मुग्ध
कब, हाँ, अरे कब
गगन गहा खगों ने
कि ख में खो ही गए।

पाँच चिड़ियों ने

पाँच चिड़ियों ने
खाली आकाश को
सूने घाट पर नहाने आई सखियों-सा
अपनी क्रीड़ाओं से भर दिया

फिर आए
राहगीर पक्षियों के
मंथर झुण्ड
काँपते आकाश को
सुतल करते।

सूर्यास्त की आभा भी जब अस्त हो रही होती है

सूर्यास्त की आभा भी जब अस्त हो रही होती है
नदी का जल-पृष्ठ नीरंग हो धीरे-धीरे सँवलाने लगता है जब
देखता हूँ, नदी के पारतट के ऊपर के आकाश में
एक झुण्ड है पक्षियों का
धुएँ की लकीर-सा वह
एक नीड़मुखी खगयूथ है
वह जो गति-आकृति उर्मिल बदलती प्रतिपल
हो रही ओझल
सूर्यास्त की विपरीत दिशा में नभोधूम का
विरल प्रवाह यह अविरल
क्षितिज का वही तो सांध्य रोमांच है
दिनान्त का अँकता सीमान्त वह जहाँ से
रात का सपना शुरू होता है

कौन हैं वे पक्षी
दूर इस अवार-तट से
पहचाने नहीं जाते
लेकिन जानता हूँ
शहर की रिहायशी कालोनियों में
बहुमंजिली इमारतों की बाल्कनियों में
ग्रिलों-खिड़कियों की सलाखों के सँकरे आकाश-द्वारों से
घुसकर घोंसला बनाने वाली गौरैयाएँ नहीं हैं वे
जो सही-साँझ लौट आती हैं बसेरे में
ये वे पक्षी हैं जो
नगर और निर्जन के सीमान्त-वृक्ष पर गझिन
बसते हैं

नगर और निर्जन के दूसरे सीमान्त तक जाते हैं
दिनारम्भ में भोरे भोर
खींचते रात के उजलाते नभ-पट पर
प्रात की रेखा।

वायूर्मि-चिह्न

वायूर्मि-चिह्न
तट-रेत के दूर पसार में
तट के निकट गीली रेत पर
जल-पक्षियों के पद-चिह्न तर-ऊपर
जिनके बीच से निकलकर
गई हुई वह एक एकान्तकामी पक्षी की
पद-पाँत है
शलाका से आँजी गई चार शिराएँ पंजों की
जिनकी आकृति धीरे-धीरे
रेखावकाश में रज अभ्रक स्फटिक कण भर अपनी तूलिका से
मिटाती रहेगी हवा
जब वह उन्नतशीश चट्टानों को धरातल के निकट
अपनी बालुका-छेनी और हाथ के अदृश्य हथौड़े से
तराश रही होगी
मनचाही आकृतियों में
अनवरत।

गंगा में जहाँ वह नाला

गंगा में जहाँ वह
नगर का नाला खुलता है
गन्दा हुआ तो क्या
कलरव करता है
वहीं—वहीं उसके अहरह हहराते मुख पर
बैठे हैं काली लम्बी टाँगोंवाले धौले बगुले
चौड़े डैनों बेखौफ परवाजोंवाले बाज
कौवे अनेक
छिछले जल में पंजों पर चलते पंजों के बल बकग्रीवास्पर्धी
और चंचल दोमुँही दुमवाली
नन्ही चमकती काली चिड़ियाएँ दो-चार
मछमरनी हैं कि मछखौकी हैं वे बड़ी खिलन्दड़ी
हवा को हिलकोरतीं, जल की त्वचा को गुदगुदातीं
किसी डुबकती मछली की
दुम से उलझातीं अपनी दुम की परछाईं
नाम भला क्या उनका है
घर जाकर देखूँगा, सलीम अली क्या बतलाते हैं

क्या-क्या मिल जाता है उन्हें वहाँ
नाला उन्हें क्या देता है
जो नदी के पास नहीं है
कुछ खास नहीं है, फिर भी वह
रुचिर न हो, रुचिकर तो है ही
इस भक्षी पक्षी समुदाय के लिए

× × ×

दिनों बाद जब जाना हुआ खिड़किया घाट

घाट किनारे के विशाल बरगद तले बैठकर
देर तक देखा किया गंगालंघी दुतल्ले लौहपुल पर ऊपर-नीचे
ट्रकों-ट्रेनों की आवाजाही
लकीर खींचती ट्रेन का गुजरना इधर से
लकीर खींचती कि पोंछती ट्रेन का आना उधर से
करती हिसाब-किताब बराबर
और नीचे, गन्दे कपड़ों से जूझते धोबियों के पीठ-पीछे
खुले में गदहों की गदहपचीसी
उनकी देह में कपड़ों के गट्ठर के घट्ठों को ढँकता
झबरीला रोमांच प्रेम का
उनकी सूँघा-सूँघी चूमा-चाटी
और तले बरगद के
अँगोछा बिछा लम्बाए लोग
दो जने सानते सतुआ
अगले दो पैरों के बीच चेहरा डाले कुक्कुर एक
कान गिराए मौन—
जगता है तो जगे जग
मक्खियाँ उड़ाए—वह तो ऐसे ही भला
और तब गया उठकर आगे बढ़कर
अहरह हहराते गंगा में खुलने वाले उस गन्दे नाले से मिलने
अरे! कहाँ वह नाला?
जहाँ वह सुरीला नहीं, शोरीला नाला, वहाँ अब दिखती
सीमेण्ट की नाली मौन
बस एक गन्दला वृत्त अभी तक धीरे-धीरे घुलता
गंगा में जहाँ वह नाला खुलता था

बेशक, यह प्रदूषण नियंत्रण की कार्रवाई!
नगर के उस गन्दे नाले का रुख मोड़ दिया गया है
नये बने शोधन संयंत्र में
चलो, पर्यावरण-प्रेमियों की मुखर चिन्ता की
कुछ तो सुनवाई हुई
कल-कारखानों का रासायनिक कचरा जहरीला
चाहे अभी गिरता ही हो गंगा में
कम से कम यह गन्दा नाला तो खामोश हुआ

खुश हूँ मैं, खुश हूँ, बेशक
लौटते हुए, लेकिन
थोड़ा-सा उदास भी हूँ
कहाँ गए वे कौवे-बगुले-कौड़िल्ले
इस नाला-नदी संगम पर
अपनी जीविका उगाहने वाले भाँति-भाँति के पक्षी परभक्षी
जहाँ भी गए, जानता हूँ
भूखों मर तो नहीं गए होंगे वे
अभी इसी पल
जगत् से तोड़ रहे होंगे अपनी चोंच भर जीवन
जुगत से जोड़ रहे होंगे तिनका-तिनका जीवन का घोंसला
जहाँ भी होंगे वे, जानता हूँ
चहकते होंगे या साधे होंगे चुप्पी
बाँधे होंगे अपना मोर्चा
कहीं न कहीं जरूर
और बखूबी

फिर भी मैं
एक औचक सन्नाटे से टकराकर लौटते हुए
खुश हूँ तो थोड़ा-सा उदास भी हूँ
भीतर ही भीतर
कुछ-कुछ वैसा ही
जैसा उस दिन था जब
विस्थापितों की तम्बू-बस्ती में
सुन आया था गाना-बजाना।

बनारस में

बनारस में एक दालमण्डी थी
जहाँ दाल सबकी गलती थी
बशर्ते गलाने को पास नमक हो
खून में घुला हुआ, जिसके आलते से
रँगी हुई एड़ियोंवाली
दली गई दालमण्डी समय की एड़ियों तले—
चाहे मण्डी अभी बची हो और थोड़ी-बहुत दाल भी

बनारस में एक मणिकर्णिका थी
जहाँ चिता अबुझ जलती थी
अब भी है अक्षययौवना बल्कि अब तो
चिताओं की लपलपाती जिह्वाओं से मुँह कभी-कभी इस
तरह भर जाता है
कि साँस लेना दूभर मणिकर्णिका का
बस गिद्धरंगी लकड़ियों के ढेर तुलते और ढुलते रहते हैं सहर्ष।

आजमगढ़ से आई है जीप

आजमगढ़ से आई है जीप
धूलिधूसर

आजमगढ़ भी तो आखिर आदमगढ़ ही है
मरते हैं वहाँ भी लोग
'बूढ़े-पुराने कूल-द्रुम कि कुल-द्रुम के पके फल
खिच्चे नौजवान और बतिया बच्चे भी
हर दिन
कुछ न कुछ
मृत्यु जिसकी आशंका थी
मृत्यु जिसकी आशा न थी
रक्तहीन मृत्यु और रक्ताक्त मृत्यु
मृत्यु का रंग एक
औसत वही जो औसतन
मँझोले शहरों में
जीवन की आनुपातिक मृत्यु

मोक्ष-मुख मणिकर्णिका में
जल रही जो एक महाचिता अहर्निश
उसकी समिधा बनने
दूर-दूर से ढुली आती हैं
ज्वलनशील शव-चैलियाँ
जन-अरण्यों से तन-अरणियाँ
चार पहियों पर सवार कि चार कन्धों पर

उस महाचिता की वह एक समिधा ही है
आजमगढ़ से आई
लम्बायमान
लट्‌ठ की तरह लेटी
जीप की छत पर लगी कैरियर पर
कफनावरण के भीतर धचकों में ढुलकते शीशवाली
निर्वेद-निर्जीव मानव-देह

वह एक शव
लम्बायमान, लट्‌ठ की तरह
जिस पर बोझ
जेठ की दोपहर का
जिंदगी का बोझ सानन्द उठाने वाले एक शरीर पर
एक निरानन्द बोझ
जेठ की प्रचण्ड दोपहर का
पर आज कुछ भी दुर्वह नहीं उसके लिए
जिंदगी में कभी कुछ सुगम नहीं रहा जिसके लिए

उस शव के तले
आगंतुक जीप में ठँसे बैठे नमित-नयन स्वजनों में
दो उझकते किशोर भी हैं
नगराकर्षित नगराकर्षक आँखोंवाले
तारक-प्रभ नेत्रतारक उनके
वे बैठे शायद पितामह की छत्रच्छाया तले
आखिरी बार
शायद पहली बार नगर घुमाने लाए हैं
उन्हें उनके दिवंगत दादा अन्ततः।

मणिकर्णिका पर

सुलगा हुआ मैं घर से निकला—
बाहर हवाएँ थीं तेज—
जलता हुआ पहुँचा
और जितनी देर में एक चिता जलती है
मणिकर्णिका के पास बैठा रहा
उसके तमतमाते ललाट के सिरहाने
और बुझकर उठ आया
लौट आया प्रशान्त

उतनी देर में
देखा, उस तरफ
निकट ही, नये-नये खुले चायखाने की मँड़ई में
जिसकी चट्टी की चकली पीठ पर चॉक से लिखा है टी शॉप—
विदेशी पर्यटकों की ओर मुँह किये खुले
फाइव-स्टार होटलों का ही जो गरीब गोतिया—
बैठे हैं दो पर्यटक—एक विदेशी युगल
'सिप' करते हुए अपनी चाय
आँखों में 'मार्वेलस!' का भाव भरे
मार्बल की तरह ठोस
स्वच्छ-श्वेत
सच! मणिकर्णिका पर जीवन की जगमगाहट अनवरत
चिताओं के जलने के कारण है
मसान का मनसाइन आठो याम
असमाधेय मृत्यु की समिधाओं से जलती हुई जीवनाग्नि अबुझ

इस तरफ
शवदाह के लिए आए लोगों में से कुछ लोग
जिनके कन्धे नहीं, टखने दुख रहे थे—
अभी जबकि चिता ने धधक पा ली थी—
नहा-धोकर लेटे हुए
घाट पर की कठचौकियों पर
उनके पाजामे वहीं आदमियों की तरह पसरे सूखते हुए
और किसी बाँस से बँधी बाँहोंवाले कुर्ते
जिनमें घर जाने की जल्दी फड़फड़ाती हुई
तेज हवा से बदहवास सीने में
और उनके जाँघिये
पहने-पहने ही सूखते हुए
उनके जननेन्द्रिय के ताप से
उनके जननेन्द्रिय
भारी वीर्य-बटुओंवाले
करोड़ों-करोड़ मानव उपजाने में समर्थ
यदि प्रकृति के पास इतनी उपजाऊ कोख होती
धरित्री से भी अधिक धारयित्री

बीचोबीच
उर-ज्वाला-सी
मणिकर्णिका पर जलती हुई चिता
सँवला रही थी अपने धुएँ से घाट किनारे के
प्रस्तर-प्राकारों के ललाट
कि जैसे कोई चिन्ता हो वह उनकी अपनी, नितान्त निजी, निगूढ़
और उजाल रही थी
अपने ऊपर के आकाश में औचक भटक आए
किसी निशाचर पक्षी का नभ-पथ नैश

फिर मैंने देखा
पत्थर के अष्टकोण चबूतरे पर
एक खाँसते बाबा के साथ बैठे हुए दो जने
उनमें से एक के मुँह बाए जूते में
एक तारा गिर पड़ा था

आकाश का एक फालतू तारा, लालाभ, लापता जाने कब से
न जाने किस नीहारिका की अश्रुबूँद वह तारा
और वे अंगारा समझकर
जूते को झाड़ते रहे पलटते-पीटते रहे
चिलम उन्होंने पी थी
पर नशा मुझे चढ़ रहा था धीरे-धीरे

मैंने जाना, यह
घर लौट चलने का वक्त था
लकड़ी की टालों पर सजे-गँजे सुतवाँ
लक्कड़-तनों के बगल से निकल
उनके काष्ठ-वक्ष के वर्षबोधक छल्लों को बगैर गिने
मद्धिम रोशनी में भी
बगैर निहारे तक
कि कुछ उगा भी है कि नहीं
मसों के फूटने की तरह वहाँ
मणिकर्णिका के दाहक चुम्बनों के पिपासु काष्ठोष्ठों के ऊपर।

चिता-संवाद

मणिकर्णिका पर जलती हुई एक चिता
दूरस्थ—दूसरे ध्रुवस्थ, लेकिन नदी की बाँक पर स्थित सम्मुख
हरिश्चन्द्र घाट पर जलती चिता से
करती है एक गूढ़ संवाद
चिता की लपटों की घट-बढ़ से
लाल गेरुई और नील-हृदय पीले रंगों के हेल-मेल से
लहक-दहक धधक-भभक से
बहुविध प्रकाश-संकेतों से
कि मानो अनन्त यात्रा पर निकले नाविकों के
मोर्स-सिग्नल हों वे
अनुभव-मर्म के आदान-प्रदान

कुहरिल अँधेरे में
बीच के तट-घाटों की बत्तियाँ—
बल्बों के गुच्छे, नियान-लाइटों के फानूस, वैपर-लैंपों के समूह—
सभी-की-सभी घाट-तटवासी बत्तियाँ
कि जैसे छज्जों से झाँकती बच्चियाँ
उत्सुकता से सुनती हैं, साँस रोके
संध्या-भाषा में यह मूक सम्भाषण
समझ नहीं पातीं, लेकिन समझना चाहतीं जीवनाशय।

शोकालिमा

मणिकर्णिका पर
किसी आत्मीय का शवदाह कर
शोक और अशौच का
प्रक्षालन करने
प्रशस्त सीढ़ियोंवाले सिंधिया घाट
आए हुए
लोग, नतमस्तक
केन्द्र में लिये
एक मुण्डित शीश
वह एक दुखियारी धोती में लिपटी देह का धारक
हृदयविदारक दुख का भी
उन उघार देहों के बीच
जिनमें प्राय: सब पर छपी हुई एक गंजी
उसके न होने में उसका होना
अस्तित्व के निकटतम
एक गंजी
अभी घाट की सूखी सीढ़ी पर गुड़मुड़ियाई पड़ी
जिस्मगन्धी एक गंजी
जिसको पीठ दे
वे नहाने को उतरते हैं
सीढ़ी-दर-सीढ़ी
दो या तीन
थाहकर

वे डुबकी लगाते हैं
क्षणांश को उनका माथा

जल में अदीख होता है

उतनी ही देर में
शोक धुलता है
उसका नीला रंग निचुड़ता है
आहिस्ते
जल मटियाला और मन उजला होता है
साथ-साथ

साबुन-फेन में भी अनछुपी
तुम्हारी ओर बही आती
वह शोकालिमा
अलग है नालियों की गन्दी उगल से
गंगा में चीन्ह सकते हो उसे
किसी नीरंग पल में
क्योंकि पलक झपकते
रँग देगा उसे
दुपहरिया का एक सूरजीला बादल
या संझा का एक ललमुँहा मेघ-टुकड़ा
और तब तुम्हें यही दिखेगा
कि मणिकर्णिका मनसाइन रखती है
प्रशस्त सीढ़ियोंवाले पड़ोसी सिंधिया घाट को
भरदम हरदम।

अपने देवता का चुनाव

एक दिन सपने में
अश्विनीकुमारों की तरह संयुक्त दर्शन दिये
आडवाणीजी और सिंघलजी ने
आडवाणीजी ओढ़े थे एक रामनामी चादर
ललाट पर टीका था गोल रक्तचन्दन का
वैसा ही जैसा प्रवाचक के माथे पर
होता है अनुस्वार-सा गोल तिलक
सिंघलजी के भाल पर दपदपाता त्रिपुण्ड था
त्रिशूल हाथ में था कि नहीं याद नहीं
याद है बस वह डाँट-भरी चेतावनी :
सुनो, चुन लो अपना देवता
कोई भी देवता
नहीं तो हिन्दुस्थान में रह नहीं पाओगे
जम्बुद्वीप के भारत-खण्ड में
नास्तिको! संशयात्माओ!
तम्बुओं से तोड़े हुए बांग्लादेशियों के साथ
मरोड़े हुए राशनकार्डों की हथेलियोंवाले
खदेड़ दिये जाओगे
वोटर-लिस्ट के बाहर
सीमा के पार
सपना भोर का था
मुझे नानी याद आई
नानी का भोर का सपना सच होता था सदा

सोने और उठने के बीच बिस्तर पर

उकड़ूँ बैठे हुए सोचा मैंने
चुनना ही है अपना कोई देवता
तो मैं मुँड़कट्टा बाबा को चुनूँ
उनके साथ सुविधा यह है
कि वे राह किनारे खड़े हैं
मेटल डिटेक्टर के डोर-फ्रेम की कौन कहे
कोई गर्भगृह तक नहीं कपटी कपाटोंवाले
कोई प्रदक्षिणा-पथ नहीं
जहाँ अगरबत्तियों के धुएँ से धुँधलाए
परिक्रमाओं के धवल धागे
प्रभामण्डल से काँपते लिपटे हों अदृश्य-दृश्य
जब अंगरक्षकों की संख्या से
आँका जाता हो प्रभाव
बुलेटप्रूफ जैकिटों के भीतर
भक्तों के दुखों से छलनी छातीवाले
बड़े-बड़े वी.वी.आई.पी.-देवता
जेड कोटि से कम की सुरक्षा-व्यवस्था से सन्तुष्ट न हों
मुँड़कट्टा बाबा तो खुश थे खुले में ही
लेकिन महातम ऐसा
कि पूरी हुई मनौतीवाले एक जन ने
भरी हुई गोद और खुशी से भर-भर आती आँखोंवाली
पत्नी के साथ खड़े हो
बनवा दिया एक चौतरा
कि बना दिया अपने हाथों, राजगीर ही था वह
किसी और ने छवा दी कृतज्ञ छत
जाग्रत देव प्रसिद्ध हुए मुँड़कट्टा बाबा
सिद्ध किया मुँड़कट्टा बाबा ने
कि जीवित न होकर भी
जाग्रत हुआ जा सकता है

मुँड़कट्टा बाबा परीक्षार्थी छात्रों के बीच
तो उतने लोकप्रिय नहीं
यह भी पता नहीं कि
उनकी साक्षी में कभी विवाह किया कि नहीं

किसी कलेजेवाले कालेजिया प्रेमी-युगल ने
शीश उतार भुँई धरने वाले कबीरानुयायी
हैं ही कितने हमारे बीच
शेयर दलालों, धन्नासेठों, ठेकेदारों और बड़े-बड़े ओहदेदारों और
सफल राज़नेताओं को भी कभी वहाँ देखा न गया
वहाँ तो बस
माथे से बोझ उतारकर हाथ जोड़े कुली-मजूरे
साइकिल को ब्रेक लगा माथा नवाते दुबले-दुखी लोग
रिक्शे को रोक
सवारी की सवालिया आँखों के आगे, पास वहीं के
हैण्डपम्प से पानी पीते रिक्शावान—
मुँड़कट्टा बाबा के असली भक्त
उधर से जाते-आते में
जिन्हें प्यास बन पुकारती है आस्था
कि आस्था उनकी प्यास का ही दूसरा नाम है
लू के झोंके सोखे लेते हैं जब देह का पानी
हाँ, मुँड़कट्टा बाबा ही हों मेरे देवता
सन्दिग्धमूल जो कथा नहीं, किंवदन्ती हैं,
कुछ कहते, राहु हैं ये
राहु—वही असुर, अमृत का अभिलाषी
क्योंकि समुद्र-सार अमृत था उसका श्रम-फल भी
नागराज के फन की फूत्कारों से
करियाया था उसका साँवला तन
अमृत में था उसका भी हिस्सा
केवल गोरे गोतियों का ही नहीं
लेकिन अमृत के दो घूँट नहीं
गरदन को दोफाड़ करता मिला जिसे चक्र सुदर्शन
चन्द्र-सूर्य-ग्रासी बनाता एक हतवाक् खुले मुँह को
वाक्-प्रवाह-से फूट पड़े
रक्त-फव्वारे वाले कबन्ध को

कहते हैं; प्रतिमा यह थी पूरी
मूर्तिहंता औरंगजेब की तलवार गिरी थी
यहाँ इसकी गरदन पर

राहु का कटा था दुबारा शीश
इस बार पहले से कम ही हुई होगी पीड़ा
औरंगजेब में विष्णु को पहचानने-भर की

यदि ये राहु—हमारे मुँड़कट्टा बाबा
तो इनके कबन्ध के स्कन्ध पर सूनी दोपहर में
कभी चोंच माँजनेवाली
खिलंदड़ी गौरैयाएँ ही नहीं
इन्हें असीसते होंगे
शीतकाल में हिमाच्छादित
सुदूर साइबेरियाई प्रदेशों से उड़ आ
राजस्थान के गाँवों में उतरनेवाले
लम्बी टाँगों, कलछौंह लिये चौड़े उजले डैनोंवाले
वे शुभशकुनी यायावर पाखी
कुरजा कहकर बुलाते हैं जिन्हें
और चुग्गा खिलाते हैं
ग्रामीण जन राहु की शान्ति के निमित्त

मुँड़कट्टा बाबा
अव्यस्त जिनकी दिनचर्या
करीब-करीब निठल्ली
न भोग कई बार के, न सेवा-टहल, न घण्टा-घड़ियाल,
न शयन-जगावन
फिर भी जिन्हें तनिक फुर्सत नहीं
नदी के उस पार से
बुला रही हैं कब से मिलनातुर देवी छिन्नमस्ता
यहाँ मुँड़कट्टा बाबा बँधे खड़े
दीन-हीन-मलिन जनों की दिपती धवल इच्छाओं से

हाँ, मैं चुनता हूँ
मुँड़कट्टा बाबा को ही अपना देवता—
मुँड़कट्टा बाबा ही हो सकते
कुम्हारों और कवियों के अपने देवता—
कि कभी गिरे मेरी गरदन पर

किसी विष्णु का सुदर्शन चक्र
या किसी औरंगजेब की तलवार
तो मुझे अचरज न हो।

[1992]

कर्फ्यू-कसे शहर में

कर्फ्यू-कसे इस शहर में दिनों से जो
कर्फ्यू ने कस रखी थीं
डाक-व्यवस्था की मुश्कें
अमावस-पुते जंगली डाकू-सा सीने पर चढ़कर
दंगादिल कर्फ्यू ने
वे अभी तक नहीं खुल पाई हैं
कर्फ्यू खुल जाने के बाद भी अभी तक

ढेर के ढेर
डाक के मटियाले थैले नहीं खुले हैं
चिट्ठियों से रुँधे हुए आकण्ठ
वे डाकियों के हाथों की
प्रतीक्षा कर रहे हैं उत्कण्ठ
कबूतरों के पंखों-सी
फड़फड़ाहट सुनाई देती है उन थैलों से
यदि तुम कभी
गाभिन गाय के पेट से कान लगाकर सुनते हुए
बूढ़े किसान की तरह
सुन सको
या उस प्रेमिका की तरह जो पत्राशा में
दिन-भर आकाश की आहट लेती रहती है
कुण्डी खड़काती रहती है दिन-भर हवा
जिसके हृदयपट की

डाक के मटियाले थैले में
सलमा की बलमा के नाम नतनयन पाती

कोने में राखी लिखकर रेखांकित लिफाफे की उन्नत छाती से
लगी हुई है
दो सखियाँ जैसे
स्कूल से चौराहे पर आकर
अपने-अपने मुहल्ले को बँटने से पहले
गुँथी जाती हों दिल ही दिल में।

कर्फ़्यू खुला है

कर्फ़्यू खुला है
बस घण्टे-भर के लिए
नगर के इस इलाके में
निकल आए हैं लोग
जरूरी चीजों की खरीद-फरोख्त करने
आटा-दाल-चावल, मिले तो आलू-प्याज
बेशक नमक और हो सके तो थोड़ी चीनी भी
हदसायी हड़बड़ी में
कुशल-मंगल पूछने की जगह
जैसे साँझ घिरने से पहले जंगल से गुजर जाना चाहते हुए
हाँ, जंगल ही तो हो रहा है यह नगर
जिसमें गीदड़ों के बीच चीतों की तरह
दिखते पुलिसिया खाकियों के बीच-बीच में
बैटल-फैटिग पहने अर्द्धसैनिक बलों के हथियारबन्द जवान

और ऐसे में
जबकि कई दिनों के बाद
कर्फ़्यू खुला है बस घण्टे-भर के लिए
नगर के इस इलाके में
जरूरी चीजों की ओर दौड़ते लोगों के बीच
ऊँचा उठा एक रंगीन छतनार शीश है
बैलूनों पिपिहरियों-सीटियों प्लास्टिक-
खिलौनों का एक गोवर्धन ही
जिसे लिये वह कान्हा न हो, नान्हा है
एक शाश्वत किशोर
उसे पता है

संगदिल बुजुर्गों से भरे इस शहर में
बस एक उसी को पता है
इनमें से कोई चीज
किसी बच्चे के लिए कितनी जरूरी
जितनी कि गृहिणी के लिए नमक
पान के लिए जर्दा
याकि दंगाई के लिए बारूद
नहीं, नहीं, उससे भी अधिक जरूरी
उकताये उदास बच्चे के लिए एक बैलून
रात की टिटिहरी की तरह अचानक चिचिया उठे
रोते बच्चे के लिए
एक पिपिहरी
बाप के कन्धे पर दो खुली आँखों की तरह
निकला है जो बाजार में
उस हठी बच्चे के लिए एक प्लास्टिक की पिस्तौल

कर्फ्यू खुला है
कई दिनों बाद
बस घण्टे-भर के लिए
नगर के इस इलाके में
और हाथ में झोला लिये और दिल में झूलती दहशत
निकल आए हैं लोग
सड़क पर
गहमागहमी नहीं, सहमासहमी है
जो ढुलकती जाती है
गलियों में
कि गलियाँ उदास पनालियाँ हों, जीवन-प्रणालियाँ नहीं
बहता जाता हूँ मैं भी
गलियों के गम में शामिल
बूढ़ी हड़ियायी गायों की सजल आँखों से आँखें चुराता
जिनके लिए चाहे प्रतिबन्धित न हो पृथ्वी
वंध्या हो गई है अचानक जरूर
खाने को धूप है जिनके लिए
दिन-दिन-भर

सूनी सड़क पर
और किसी दोराहे, तिराहे या चौराहे पर
पाने को
प्राचीन पत्थरों के रंगवाले वृषभ का
जीभ-भर आदिम साथ, बस

गलियों से गुजर
निकलता हूँ जब सड़क पर
न चरिन्दे, न परिन्दे
दुकानें हैं बन्द
हवा तक स्तब्ध
बस फौज-फाटा! और सन्नाटा!
सड़क पर इधर—इस इलाके में
कर्फ्यू है
ठण्ढ-सा ठोस!

उन्हीं गलियों में उलटे पाँव लौटता
सोचता हूँ कि देखता हूँ
सड़क को—बचपन के मरखंडे मास्टर की
दोमुँही लाल-नीली पेंसिल-सी
जानता हुआ कि यह—यह सड़क भी
कि जैसे गंगा कि जैसे समुद्र
अभी बस थोड़ी देर में
बन जाएगी
कर्फ्यू के कुहरे में टिमटिमाता हुआ एक शब्द
किसी निकटस्थ लालटेन की तरह नहीं
दूरस्थ तारे की तरह

× × ×

जाड़े की अलस्सुबह
छह बजे
दंगा-दग्ध शहर से
छँट गया है रात का कर्फ्यू
लेकिन शहर अभी
कुहरे के कम्बल में लिपटा ही है सिकुड़ा-किकुड़ा

कि सुन पड़ती है एक आवाज
पा ऽ ऽ व रो ऽ ऽ टी पा ऽ ऽ व रो ऽ ऽ टी

फजिर की अजान से भी अधिक पवित्र और आह्लादकारी
जिन्दगी की गरमी से भरने वाली वह आवाज
बूढ़े बाबा की
साइकिल की हैण्डिल से घट्ठिल जिनकी हथेलियों से
ताजा पावरोटी की ममतालु गन्ध आती है
वही जो सुबह-सुबह स्कूल जाने वाले बच्चों की
माँ के भोर के सपने में
पकी फसल की होती है गेहूँ-गन्ध
पा ऽ ऽ व रो ऽ ऽ टी पा ऽ ऽ व रो ऽ ऽ टी
दुख-दैन्य के विरुद्ध दानवता के विरुद्ध नर्म मुलायम पावरोटी
बेकरी में कि मानव के अगिन-मन में सिंकी
कर्णकुहरों में भरती है इस आवाज की सूर्योदयी सुगन्ध
कर्फ्यू-कवलित दिनों के बाद
और उठ पड़ता हूँ मैं
जानता हुआ कि शहर हो गया है हस्बेमामूल
कि फिर से बाकी के सिक्कों के साथ
मिलनी है बाबा की धवल-केश असीस :
अल्लाह खैर करे
उठते हुए
जानता हूँ कि अब आज
दस बजे जब सूरज का दफ्तर सज जाएगा
अपनी उत्कण्ठ पुकारों से घरों की खाली शीशियों को कँपाते हुए
जिनके भीतर अँधेरा जल की तरह हिलता है
आएँगे अपनी खटारा साइकिलों पर कबाड़ी
कि मानव का कण्ठ कहीं रुँध न जाए
यस सर यस सर में
कराहों के करीब दबी-दबी बतकहियों में
कि कहीं गला न बैठ जाए उसका
कि जब आज कोई किसी को पुकारता ही नहीं है
सड़क पर / जीवन के रस्ते
आएँगे वे बुलन्द हाँकें लगाते

कि हो मृत का बहिष्कार, जीवन की जयजयकार
लोहा-टीना-डिब्बा शीशी-बोतल प्लास्टिक-
अखबार-कागज बेचो
बेचो जो कुछ भी है रद्दी
और करो नई शुरुआत
और करने दो शुरू मृत को नवजीवन
कहते पुकारते
दिन के अलग-अलग पहर में
जब भी हो फुर्सत गृहस्वामिनियों को
अथाह बोरे के भीतर बन्द उनका
नन्हा तराजू निकल आएगा बाहर
जिसके जर्जर पलड़े अहर्निश भूखे सदैव अतृप्त
तौल दें जो सारी की सारी दुनिया को
(सच तो यह कि जो अब है ही कूड़ेदान के लायक)
और जब आएँगे
घर का रद्दी मन का रद्दी निकालने का अनथक आह्वान करते
वे कण्ठबल कठिन, तुलाधर अतुलनीय
शहर के दिन को, दोपहर जब हँसमुख गलियाँ भी होती हैं गुमसुम,
अपनी आवाजों के धागों के लपेटे में लिये—
शहर हो चुकेगा बेशक हस्बेमामूल

उठ पड़ता हूँ मैं
तन्दुरुस्त चाहे थोड़ा कम, मन दुरुस्त भरपूर
चाहता हुआ कि जाऊँ
सिलाई के कपड़े लेने के मिस, लेने हाल-हवाल
जफर मियाँ के यहाँ
लल्लापुरा
और उनके इकले कमरे के घर में
उनकी हमउम्र सिलाई-मशीन के बगल में—
जो उनकी पैदाइश के साल खरीदी थी उनके अब्बू ने—
खटाटी पर उठँग
सुनूँ उनकी उम्रदराज सीख :
भइया इस कैंची के
दो फलों से ही होता है काम

इनके बीच जो आता है कट जाता है
इनमें एक की अलग की क्या बिसात
और भइया
हम मेहनतकशों का तो एक ही मजहब है—काम, और क्या?
फुजूल की बातें हैं बाकी सब

सुनूँ यह और सुनता रहूँ
उस बुनकर गली में
जफर मियाँ के घर के बगल के और घरों से
उठती हुई हथकरघों की खटरखट्ट-खटरखट्ट
सुनता हुआ उसमें
खट रे खट
ओह! वह एक खटराग मधुर!

समरकान्त उवाच...

नन्दी-स्थाने आनन्दित
बैठे हैं समरकान्त
देखा, तनिक चिन्तित भी
समरकान्त
हमारे कवि-मित्र
पुलिस निसपेक्टरी की स्पेशल ड्यूटी में
विश्वनाथ मन्दिर पर तैनात
महाशिवरात्रि के आस-पास
गर्भगृह के बाहर
सन्नद्ध
नन्दी-स्थाने विराजे आनन्दित

हमें देख हरसे
फुरती से सुरती ले आओ—कहा एक प्रमथ को
और बगलगीर हुए
सुनाने अपनी नई ग़ज़ल का मिसरा
हमारे कानों में
आरती की घण्टाध्वनि के बीच

देखा, मन्दिर की ड्योढ़ी पर
श्रद्धालुओं की द्वार-परीक्षा ले रहा था
एक बावर्दी मेटल डिटेक्टर
बगलों पर फिरता हुआ
हवा में, हौले, जैसे सहलाने-भर का खुशमिजाज इरादा हो
लेकिन लाइलाज शक्की लामिसाल क्रोधी

ढाँपे के भीतर को भाँपता हुआ
भीतर-ही-भीतर काँपता हुआ
कि मानो त्रिलोचन महादेव की तीसरी आँख हो वह

हालाँकि हम चले आए थे अन्दर
अपनी नास्तिकता के बावजूद
और उस पर चीत्कारने की जगह
जेब के चिल्लर पर चिल्लाता रहा था वह
धातुखोजी द्वारपाल
आत्मा की धातु से उसे कोई मतलब न था

आत्मा की धातु से है ही किसे मतलब
अपनी अधूरी ग़ज़ल पूरी सुना, बिफरते बोले समरकान्त
उस बिफरने में कलपने की अन्तर्ध्वनि थी
बोले, मुझे देखिए
वर्दी की कलफ और चाल-ढाल की अकड़ और
हेकड़ी के बावजूद
भीतर से पिलपिलाए जा रहा हूँ
ऊपर से खिलखिलाए
बात चल रही है
थाने का प्रभार मिलना पक्का है
होए तो हो साढ़ेसाती का सनीचर हक्का-बक्का
कैरियर के रास्ते में कुण्डली मारे पड़ी हुई जन्मकुण्डली
निर्विष हुई है
सर्पमाल आशुतोष की इच्छा!

सब ठीक है, चकाचक है
लेकिन यकायक पता नहीं क्या हो जाता है
बिजली का लट्टू बुझने के बाद
मन लट्टू की तरह घूमता है
अँधियारे में अनियारे
नहीं, वह भाँग का गोला नहीं, न चिलम के सुट्टे
बोतल की तो बिसात ही क्या!
उस दुख-देश तक कहाँ पहुँचता है

अधनींद में डूबा हुआ पत्नी का समव्यथी हाथ
और मतले से मक्ते तक पहुँचने की राह में अधबनी ग़ज़ल
कयामत के इन्तजार में सो जाती है
हर बार यही होता है
बरस हुए, पूरी जो हुई हो एक भी ग़ज़ल
अरे! गरल पीकर ग़ज़ल कहते हैं हम
और लोग कहते हैं कैंपा कोला है—वह भी मुफ्त का
जबकि मुनहसिर है इस पर मेरा कितना-कुछ
चाहे ग़ज़ल अधूरी ही रही आए
नहीं तो वर्दी के ये दो-तीन काँसे के तारे
आस्मान के असंख्य सितारों से काट ही दें मुझे
वर्दी को उतारकर हैंगर में टाँग देने के बाद
नहानघर में चाहे जितना भी साबुन रगड़ा जाए सुवासित
कहाँ जाती है वर्दी की गन्ध देह-मन से
सौन्दर्य-लहरी के पाठ या ग़ालिब के दीवान से कुछ पढ़े बगैर

हमने देखा, हर किसी के पास होता है
उसके समर का सच
और किसी समरकान्त की कवच-कसी
छाती भी पिराती है—भीतर से
मन्दिर-परिसर में आरती की घण्टाध्वनि के बीच
जब श्रद्धालु जन मूँदे थे आँखें
हमने देखा कितना मुश्किल है रखना किसी को
विजेताओं की श्रेणी में या पराजितों की
अधर के नीचे सुरती दबा
अपने विचारों को थथोलते-से बोले समरकान्त
दिल-दिमाग में की सख्त बँधी कोई गाँठ खोलते-से :
आप सब तो कविजन हैं
शब्दार्थ और भावार्थ के बीच बढ़ रही खाई
आपको भी खलती तो होगी
लेकिन आज शब्दाढ्य कवि कितने मलिन-दीन
कितने निहत्थे और निरीह हैं शब्दों की दुनिया में
सवालात की हवालात में खड़े निरुत्तर
जब सज गया है एक बाजार दिलोदिमाग में

सामाजिक कद नापा जाता है गात की लम्बाई या दिमाग की
बड़ाई से नहीं
उँगलियों के बीच दबी सिगरेट की लम्बाई से
जूतों के जोड़े से सूट के कपड़े से टाई से
विटामिनों और कीटाणुओं का देवासुर संग्राम
छिड़ा ही रहता है विज्ञापनों की दुनिया में अनवरत
अच्छी माँ वही जो बच्चों को देती है एक खास
टॉनिक—महँगा हुआ तो क्या
एक डिटर्जेंट ऐसा जो चरित्र के धब्बों तक को मिटा दे
एक साबुन की टिकिया कि जादू की पिटारी
जिसमें बन्द है
स्वप्न-सुन्दरियों के सौन्दर्य का रहस्य
एक चुम्बन-दिलाऊ टूथपेस्ट आत्मविश्वास है
जिसकी झाग का नाम
मायावी घोषणाएँ खयाली पोषणाएँ
ब्योपारी ही नहीं, सरकारी भी
गरीब-गुरबों के लिए गरबीली कर्जमाफी
जबकि अजन्मे बच्चों की भावी पीढ़ियाँ तक
ऋणजाल में कसी हुई अन्तरराष्ट्रीय महाजनों के
ऐसे में परमात्मा आत्माओं का मैनुफैक्चरर या
आढ़तिया-भर बन रहता है
और शैतान उसका कमीशनखोर एजेण्ट बहुरूपिया
बेरोजगारों के लिए रोजगार जुटाने के धन्धे में लगा हुआ
और तब ऐसे में क्या अचरज जो पथराकर
प्रतिमा बने कोई भी परम आत्मा
बस सार्वजनिक जमीन पर निजी कब्जा करने के हित

घण्टा-घड़ियालों की समवेत ध्वनि से भी
अधिक प्रहारक थी
यह बात
जिससे हम सँभलें-सँभलें
कि चौतरफ चौकस नजर घुमाई समरकान्त ने
फिर बोले :
यहाँ हम मन्दिर-मस्जिद के कोनों-अँतरों में

कोई पवित्र पुण्यफल नहीं, विध्वंसक विस्फोटक
सूँघते-ढूँढ़ते फिर रहे हैं
वहाँ वे
खुलेआम भर रहे हैं लोगों के मस्तिष्क में
विध्वंसबीज—विस्फोटक विचार
अभी-अभी आनी है होली
लाल चेहरे और हरी हथेलियाँ लिये
घूमते बच्चों के समूहों पर रीझे या खीजे
हमने कभी सोचा है, उनके हाथों की रंग-पिचकारियाँ
पिस्तौल के रूपाकार में क्यों बदल गई हैं?
हम कभी हुए हैं चिन्तित कि दीपावली और
शबे-बारात के शिशु पटाखे
दहलाते बमवच्चों में क्यों बदल गए हैं?
और आज
महाशिवरात्रि और ईद की करीबी से
सबकी साँस रुकी है
जबकि ईद का कमसिन चाँद क्यों न हो सहर्ष शिरोधार्य
बालचन्द्र ही नहीं, शिवशंकर का भालचन्द्र जो

वे कहते हैं, अयोध्या के बाद काशी की बारी है
धर्म-संसद में पारित हुआ है प्रस्ताव
मन्दिर के धड़ पर रखा है जो मस्जिद का माथा
उसे कलम करने की तैयारी है
लेकिन क्यों?
इतिहास की भूल सुधारने में
भूल का इतिहास रचना क्यों जरूरी हो?
नरसिंहावतार के आगे नतमस्तक
गजमुख गणेश के पूजक
जनों के लिए निन्दनीय क्यों हो वह, वन्दनीय क्यों नहीं?
यदि जमीनस्थ जड़ों में
शिव-स्तोत्र के श्लोक और कुरआन की आयतें
प्यार से अझुराएँ
तो भला क्यों
हर हर महादेव और अल्ला हु अकबर के नारे

प्रकम्पित आस्मान में टकराएँ!

यह सुनते, हमने देखा
श्वास-प्रश्वास की तरह समतोल
मन्दिर में आते-जाते लोगों के बीच
अचानक सघन हो गई थी उपस्थिति
मानो विश्वनाथ के दीर्घ निश्वास में
एकसाथ खिंचे चले आए थे ढेर सारे जन।

संक्रान्ति-वेला में

मैंने देखा उसे
महान नहान के दिन
संक्रान्ति-वेला में

उस दिन जब
बहुत खुश थे
दशाश्वमेध घाट की सीढ़ियों पर
अटे-डटे रहने वाले भिखारी
असीसने की फुर्सत न थी उन्हें
न ही जरूरत
उनकी चमकती उज्ज्वल आँखें
आँखों से मिल, कर देती थीं निहाल
भूख-पुँछी आँखें कितनी उज्ज्वल!
आँखें चावल के उज्जर दानों से रँगी उजली
अँजुरी-अँजुरी का समवेत अँजोर
कितना उजला
जितना अगहन का खलिहान
जो हो रहा बिछा हुआ अँगोछा उनका
समेट न पाता हुआ सम्पन्नता

वह दिन जब
भिखारियों के भाव चढ़ गए थे
उनके हाव-भाव बदल गए थे
वे परोपकारियों को नहीं पुकारते थे
वे उपकृत कर रहे थे, भिखारी होकर

संक्रान्ति का सूर्य ही इस तरह
चमका सकता था असन्दिग्ध
एक मलिन सामाजिक उपयोगिता

उस दिन
मैंने देखा उसे
घाट-तट पर वह वृद्ध वृषभ विराटकाय
एक गाढ़ी गेरुई ग्रेनाइट चट्टान : एक जैविक स्थापत्य
जीर्ण-शीर्ण
अपनी उदासी को गम्भीरता से ढँके
दयालु दुबली हथेलियों की आस्था से उष्ण चाउर दानों को
गरदन झुकाकर जुठार-भर देता
पालागी को
आशीष के मौन उच्छ्‌वास के साथ निर्वेदमुख ग्रहण करता

उसे बखूबी याद थी अपनी भूमिका
वह अपनी भूमिका निभाने पहुँच गया था
ओह! अलस्सुबह
पौ फटने, सूरज की खड़ाऊँ खटकने
से पहले
घाट की सीढ़ियाँ उतरता
बूढ़े, विशाल गठियाग्रस्त पहलवान की तरह
कँहरता ठहरता
सीढ़ी-सीढ़ी पर

इस संक्रान्ति-वेला में
जब तक वह जीवित था
सन्नद्ध था
जरूरत के गहन मौके पर
उपस्थित था वह
उसका ककुद ढीला पड़ गया था, कर्तव्यबोध नहीं

मैं जानता था
लौटने के लिए

उसे देर तक प्रतीक्षा करनी होगी
नहान के अन्तिम गीले तलवे भी जब चले जाएँगे
वह लौटना शुरू करेगा
उसका सीढ़ी-पथ नियत है
वही—कम चढ़ाई और बीच-बीच में सुस्ताने को चौड़ी सीढ़ीवाला
तेज कुदक्के भरते हुए चढ़नी होती है सीढ़ी
तिरछे-तिरछे
एक तिर्यक् रेखा के छोर तक पहुँचते
दम फूल जाता है
कोण बनाती दूसरी गति-रेखा खींचने से पहले
सुस्ताने का चिन्तनशील अशेष अवकाश फिर भी है उसके पास
क्योंकि दशाश्वमेध से गोदौलिया पहुँचते तक
सड़कों पर शुरू हो चुकेगा सांध्य प्रवाह वेगवान उद्वेगवान
बीच-बीच में लगी गाँठों के कारण रह-रह
फूल-फूल जाते हुए बेसँभाल
यातायात का हाहाकार

गोदौलिया से दशाश्वमेध की ओर
पथ को वर्जितवाहन बनाये अवरोधक बाँस के
समानान्तर
खड़ा रहेगा वह मौन
एक नन्दी प्रतिमा अनिन्दित
आनन्दित, वृषभवाहन विश्वनाथ की नगरी में होने-भर से
उसे पसन्द तो न आएगा
पथावरोधी बाँस को मानो अपनी बेंतों पर टिकाए
निठल्ली ड्यूटी पर तैनात, वहीं बेंच डाल, बैठे रहने वाले
पुलिसजनों का साथ
इसलिए नहीं कि उनकी वर्दियों का गर्दखोर रंग नापसन्द है उसे
बल्कि इसलिए केवल इसलिए कि सख्त नापसन्द है उसे
शक्ति की धौंस दिखाना—किसी का किसी को
लेकिन उसे कोई एतराज न होगा
निबाह कर लेने में साथ-साथ
गाढ़े में

सन्निपात के रोगी की तरह जब आखिरकार
शिथिल पड़ जाएगा शरीर शहर का
सहज श्वास-प्रश्वास-सा चलेगा यातायात
बहिर्गामी-अन्तर्मुखी
टलमल-गति वह चल पड़ेगा
अपने ठीहे की ओर
खुले-फैले बी.एच.यू.-परिसर की तरफ
जो उसका वानप्रस्थी वन है
जहाँ उसके विशाल तन ही नहीं, अहर्निश प्रसारी मन के लिए भी
अबाध अवकाश

नगर में तो अब
नाटे-गिट्ठे वृषभ ही समा सकते हैं
वृषभ-अभयारण्य इस नगर में सभय
वे ही कर सकते हैं गुजारा जैसे-तैसे
कूड़े के ढेरों पर—कुत्तों और सूअरों के प्रतिद्वंद्वी

सब्जी की सट्टी में चट्टी पर
सब्जियों के ढेरों पर
आड़े रखा है उनके लिए एक डण्डा
सीधे से जाओ, कहता है जो उछलकर
तनिक मुँह लगाते न लगाते
उस डण्डे का मुँह सदा से टेढ़ा था, किन्तु वह
सर्प-फण तो न था पहले

हाँ, अब नगर में
नाटे-गिट्टे वृषभ ही कर सकते हैं गुजारा
जहाँ-तहाँ ट्रैफिक-भँवर का केन्द्रबिन्दु बने निश्चिन्त
किसी दोराहे-तिराहे या चौराहे पर
पसरे बीचोबीच
गाड़ियों के गुर्राने या आदमियों के बर्राने का
तनिक बुरा न मानते हुए
पीठ से पीठ सटाये किसी अधेड़ गाय के

स्नेहिल सान्निध्य में सुखी

महाकाय बहिया दिये गए हैं नगर से
कि अरे! महाकाय प्राणी बहियाये जा रहे हैं पृथ्वी से
कि जिस तरह मिट गए डायनासोर
और जवाती पर हैं जिराफ और हाथी

इसीलिए नगरों की चतुर गौरैया
छोटी से और छोटी हुई जाती है
गृहरन्ध्रभेदिनी
लेकिन क्यों उठ रहे हैं स्काई-स्क्रैपर, ऊँचे और ऊँचे
और मिट चुके हैं डायनासोर?
क्यों जवाती पर हैं जिराफ और हाथी
और क्रेनों की गरदनें और-और लम्बी होती जा रही हैं
हुई जा रही हैं मशीनें निस्संकोच विशालतरकाय?

लेकिन लुप्त हुए डायनासोर जिस तरह
गुप्त रूप से छिपकली बन
पकड़ लेते हैं दीवार घर-घर
याकि पक्षी बन
गहते हैं आकाश
जिस तरह उद्ग्रीव क्रेनों में बचे ही रहेंगे स्मृतिशेष सुग्रीव जिराफ
और लम्बोदर गणेश के माथे में हाथी
कल्पान्त तक आश्वस्त

कुछ-कुछ उसी तरह
अपनी ही तरह से
बल्कि उनसे बहुत-बहुत बेहतर
बचे रहेंगे महाकाय वृभष नटगिट्ठे साँड़ों में, अपने को सिकोड़

पराबैंगनी किरणों में जिस तरह
पत्थर में से उभरती दिखती है फॉसिलाकृति
कभी गोधूलि में
नटवा के गठीले तन में झलकेगी

एक महाकाय आकृति-स्मृति
(वह निरा दृष्टि-भ्रम न होगा)
नगर में जब कभी—ओह! इन दिनों तो अक्सर
गहमागहमी की जगह सहमासहमी होगी
अवसन्न होगा नगर का मन आसन्न की सोच
साँड़-किशोरों के अण्डकोश के निरुद्विग्न उद्वेलन में
एक बोझिल वीर्यकोश ओझल हुआ भी कौंधेगा

इसलिए—इसीलिए
उस दिन संक्रान्ति-वेला में
गंगातट पर देखा मैंने
वृद्ध वृषभराज को
ममतालु आँखों से
निहारते रह-रह
वहीं पास, थोड़ा आगे
गंगा की उलीची रेत-माटी के एक ऊँचे ढूह में
कभी उगते-उमगते नवसींगों को फँसा-धँसा
कभी तनिक पीछे हट, ढाही मार
धुरखेल खेलते
उस किशोर साँड़ को
जिसकी नाटी गठीली देह
नीलछौंह उजली, कौड़ी की पीठ की तरह

सुना तो न होगा
उस अलमस्त साँड़ ने
वृद्ध वृषभराज का मौन प्रबोधन
वही—दायित्वों की सुमिरनी
कर्तव्यबोध का विबुध उपदेश
आह! परिपक्वप्रज्ञ—कि झुराए नेनुआ के उर-बीज
जरद्गव
बजते ही हैं झर्झर सरीखे
फटे बाँस को तरुणाई कब मुरली माने!

लेकिन मैंने
गंगातट पर उस दिन
संक्रान्ति-वेला में
सुना उस वृद्ध वृष का अकथ आख्यान
अनुच्चरित भविष्य-कथन अभीत :

अरे! क्यों कहते हो झूठ-मूठ
किसी जन को करम का साँड़
देखो भी साँड़ का करम!
बेभरम!
बिलाला फिरते साँड़ बिला रहे हैं
धीरे-धीरे
जैसे-जैसे दया बिला रही है हृदय में
मानव-हृदय में
वैसे-वैसे सूख रही हैं
प्यासे पशुओं के लिए बनी हुई प्रस्तर-द्रोणियाँ
नगर में
बनी जा रही हैं कूड़ेदान
क्योंकि नव्य और भव्य हुआ चाहता है नगर
इसलिए पुराने-पिछड़े देवता हव्य के लिए
और हिराए-बिछड़े पितर कव्य के लिए
तड़प रहे हैं
उनका हिस्सा मायावी प्रेत-पिशाच हड़प रहे हैं

अरे! अमरों और मरे हुओं को छोड़ो
खटनेवालों को और खटालों को
नगर की चौहद्दी के बाहर धकेला जा रहा है
कल के बच्चे जानेंगे, गाय के दुधगर थनों से नहीं
पालिथिन के दुधभर—कि आह! दुधहर—पैकिटों से
आता है दूध
गाय के लिए सिंकनेवाली तवादुलारी पहली रोटी
छोटी से छोटी होती हुई
बिला ही चुकी है
शायद वह बनी है किसी पामेरियन कुतिया का बिस्कुट

या कुछ और—शोभन लोभन

महाकाय वृषभों के बिलाने के बाद
नटगिट्टे साँड़ों की ही बारी होगी
नगर में
बची-खुची अधेड़ गायें
शिवालों में घुसकर
दरकी हुई देह और अनन्त यौवनवाली
भग्नविषाण नन्दी-प्रतिमाओं को
सूनी दोपहरियों में चूमेंगी-चाटेंगी
बोझिल वीर्यकोश और ककुद पर लिपटी हुई रुद्राक्ष-मालावाली
नन्दी-प्रतिमाएँ!
टूट गया होगा समय-प्रहार से कि उपेक्षा-भरे व्यवहार से
उनका एक अद्भुत सुघड़ सींग
कि मानो दूज के चाँद की एक नोक टूटी हो
फिर भी वहीं...वहीं
होगी कान्ति और शान्ति उनके लिए
अशान्त अँधेरे समय में।

महाकुम्भ

जिस नीलिमा का निलय है
कन्याकुमारी का समुद्र
जैसेकि उसी की लहर है यमुना
नीलांगी यमुना का विलय जहाँ होता है धौली गंगा में
समुद्रफेन-से उजले हिमरंगी सारस
शीतकाल के यायावर अतिथि
तिरते हैं
पीताभचंचु
झपटते लाईदाने चने-चबेने
सैलानी नौकाओं से फेंके
बीत चले महाकुम्भ तक अटक गए हैं ये भी
खेमे खूँटे खुलेंगे मेले के
ध्वजाएँ उतरेंगी-लिपटेंगी
और ये उड़ लेंगे सुविस्तृत नभ-यात्रा-पथ पर
हिमाच्छादित प्रदेशों की ओर
सुदूर साइबेरिया तक शायद
लेकिन अभी तो
महाकुम्भ में मगन हैं ये भी
संगम की धारा पर तिरते
लुप्त सरस्वती के सन्धानी
पुण्य मोक्ष से उदासीन, धवल धर्म साक्षात्
प्रकृति के प्राणांकुर

आएँगे क्या

अगले महाकुम्भ में ये भी
तीर्थराज प्रयाग?

बारह वर्षों बाद
कितने जटाजूटधारी
केशकंबली बन जाएँगे आएँगे
हाथ में चिलम लिये अपनी
बित्ते भर की बल्ली वह जिसके बल पर
टिका है हिन्दू धर्म हिमालय की ऊँचाई तक पर
जिसके हटते ही लुढ़क आएगा हिमालय से नीचे
(कि जैसे रम की बोतल के हटते ही
सियाचिन ग्लेशियर की ऊँचाई से फौज की टुकड़ी)
आएँगे, सब आएँगे
वे भी, क्रूर सम्बन्धियों से बिछुड़ जाने जो आते—खो जाने
निर्धन निर्जन जीवन से उकसाये गृहत्यागी बालक, अधेड़ विधवाएँ
घुटनों में सिर दे कहीं दुबक सो जाने
लाउडस्पीकर अथक उचारेंगे जिनके नाम
आएँगे वे—कुम्भ आना ही जिनका काम
सिर पर रखा काम का कुम्भ फोड़ दिया जिनने
आएँगे गाजे-बाजे, रथ-पालकी, हाथी-घोड़े के साथ अखाड़े
नंगे और मंगे
तरह-तरह के करतबी मतलबी
जगद्गुरु और श्रद्धा-शिथिल बुद्धिधारी
महामण्डलेश्वर ठेकेदार दुकानदार और भिखारी
कल्पवासी और पर्यटक
सब के सब
पण्डों की प्रतीक्षा फलेगी और नाइयों के उस्तरों की
पण्डों की बहियाँ बाँह गहेंगी, नाइयों के आगे होंगे नत मस्तक
गूँजेंगे प्रेमपूर्ण प्रवचन नैनमूँद कीर्तन
हाथ में नकेल छुपाए हिन्दू नेता नथुने फुलाकर देंगे भाषण
बारह वर्षों बाद फिर
उमड़ेंगे मानव-समूह इन घाटों के उतरते रास्तों पर
लुढ़केगी जनधार
महाकुम्भ में

जलकुम्भी की तरह भर जाएँगे लोग ही लोग

अगली बार, हाँ, अगली बार
लेकिन क्या आएँगे
शीतकाल के ये यायावर अतिथि सुदूर साइबेरिया से
हिमरंगी सारस
प्रकृति के प्राणांकुर-धवल धर्म साक्षात्
कि तब तक नष्ट हो चुकी होगी इनकी प्रजाति
हमारे हाथों—रक्षक से धीरे-धीरे बन चुके संहारी
सर्वसहा पृथ्वी के लिए एक और असह्य शोक!?

संगम-तीरे जुड़ा माघ-मेला

संगम-तीरे
जुड़ा माघ-मेला
तीर्थराज प्रयाग में
हर बरस की तरह इस बरस भी
आए जन मोद-मंगलाभिलाषी
सहज विश्वासी
संगम में डुबकी लगा, तरने भवसागर
तारने पितर
लोक में आवागमन से ऊबे
शाश्वत शोक में डूबे
माथ झुकाए
माथ मुँडाए
आँखें चौड़ाते
निगाहें दौड़ाते
मेला-हर्षित बच्चों को झिड़कते
स्त्री-चित्त में उठे खरीदारी के उफान पर वचन-बूँदें छिड़कते

हर बरस की तरह इस बरस भी
आए संगम, तिरने
पनतिरी चिड़ियों के समूह
शीतकाल के यायावर अतिथि
हिमरंगी पाखी, हिमाचलवासी
हिमानी ऊँचाइयों से दोआबे तक आवागमन के अभ्यासी

तिरते दिखे वे, धवल प्राण-फूल सुदर्शन
मन को मुक्त करता हुआ उनका आकर्षण

कितना अद्भुत, कितना विलक्षण
कि उसी क्षण
दिखा धारा पर तिरता, जैसे उन्हीं में एक, मन का नेक
एक खाली, फेंका, लिफाफा पालिथिन का
हवा से फूला
फूला न समाता
शायद अपनी करीब-करीब अनश्वरता पर
अपनी लगभग अजरता-अमरता पर
पालिथिन का लिफाफा
मरजीवा चिरजीवा
मानव की अमानवीय सन्तान

डर है
उसके रंग-रूप पर रीझकर
कुतरें न जलचर
और श्वासावरोध से घुट मरें
क्योंकि अस्थिहीन त्वचा-सा दुर्बल दिखता वह—वह महाबली
जिसे कुतरने में
काल के दाँतों को भी सैकड़ों बरस लगते हैं
वह जो आदमी का एक उपयोगी आविष्कार
अब अपयोगी
जीवनरोधी
लेकिन निडर तिरते वे जलपाखी
सहज विश्वासी
उड़-उड़ आते नौकाओं के पास
ऐसे में कोई कब तक रहे आशंकित और हताश
पालिथिन के फूले-फूले फिरते उस लिफाफे से आँखें फेरे
क्यों न जीवन-सुरभि बिखेरते धवल प्राण-फूलों को हेरे!

पालिथिन

पालिथिन! पालिथिन!
तंग हूँ मैं इस पालिथिन से
तंग पड़ती जा रही है जगह जीवों को धरती पर
बीजों को धरती पर
इसके कारण
जिधर देखो उधर पालिथिन
पालिथिन की मुट्ठी में बन्द है बाजार
जिस तरह बाजार की मुट्ठी में बन्द हैं हम
बगलों से लगे हर्ष-भरे घर जाते पालिथिन
घूरे से उठकर हवाओं में उधियाते पालिथिन
वहाँ देखो! गंगा में उपलाते पालिथिन
वह देखो! तुम्हारे देखते-देखते
कूद गया एक और पालिथिन
गंगा में
जलजीवों की साँस रूँधने
आया था देवार्पित फूल-मालाओं को
सविनय गंगा में छोड़ने वह पालिथिन
उनके पीछे-पीछे
उन्हें सद्गति देता असद्मति
कूद गया आदमी के पीठ-पीछे
गंगा में वह पालिथिन
चला, जलजीवों की साँस रूँधने
ऐसे ही, साँसत में है उनकी जान
शहरों की नालियों और कारखानों की प्रणालियों की उगल से
करिखाई है गंगा
विषपायी है गंगा

दुखियारी माई है गंगा
उस निर्भर पालिथिन के पड़ते ही
भारी हो जाता है उसका जी

दोनों और ठोंगों और डलियों और डोलचियों को ही
निःशेष नहीं किया है
इस प्लास्टिक-वंशज पालिथिन ने!

चिरजीवा मरजीवा पालिथिन!
हमारे समय की सभ्यता का पर्याय है
हमारे समय की सभ्यता का दूसरा नाम है—पालिथिन
इसने नियुक्त किया है कितने ही लोगों को
अपनी बेच-खरीद में
(और न जाने कितने लोगों को इसने बेरोजगार किया है)
इसके एजेण्ट हैं, उनके पेमेण्ट हैं
इसके कबाड़ हैं, वहाँ हड़ते हाड़ हैं
पालिथिन—पूँजीवाद की त्वचा है
यहाँ से वहाँ तक
गाँव से महानगर तक
झारखण्ड के पथरगामा नामी मेरे कस्बाई गाँव से
पत्थरदिल नगर के इस लघुकाय फ्लैट तक
कि मैं उकता गया हूँ इसके अतिरेक से
एक दिन पत्नी से कहता हूँ खीजकर
ओह! पालिथिन!

जहाँ देखो वहाँ पालिथिन
जिधर देखो उधर पालिथिन
कोने-अँतरे चपतियाकर सहेज रखे पालिथिन

यह घर है या...

मेरे क्रोध को शब्द ढूँढ़ने का मौका दिये बगैर
पत्नी कहती हैं :
तुम्हें क्या पता

घर चले—इसके लिए
लड़नी पड़ती है स्त्रियों को कैसी लड़ाई
और कैसे-कैसे दुश्मनों के खिलाफ!
कितना मुश्किल
कीड़ों से और चींटियों से और दीमकों से
बचाना अनाज और चीनी और चीजें
यह धरती एक फल है
जिसे एक ओर से कीड़े और चूहे कुतर रहे हैं
एक ओर से हम सब
तुम्हारे आगे प्लेट में परोस देना है हमें इसे
हमीं जानती हैं हम इसे कैसे बचाती हैं, किन टेढ़े-तिरछे तरीकों से
कि आदमीयत को आकार मिलता रहे

मैं देखता हूँ विवश, उसे
जीवन-युद्ध में प्राणरक्षक
बनकर ही तो अवतरित हुआ था मानव-पक्ष में
यह जो आज प्राणभक्षक पालिथिन
पृथ्वी के वक्ष पर कि प्राणों पर पसरा है।

भास-चन्द्र-भास

जब अचानक बिजली चली जाती है
शहर के सबसे गुंजान इलाके में
एकसाथ सारी बत्तियाँ गुल हो जाती हैं
कहीं पर—विद्युत्-स्नायु-तंत्र के केन्द्र पर किसी—
एक महाफ्यूज उड़ जाता है
नीली कौंध छोड़ता
अकस्मात् एक आह छूटती है एकसाथ
एक समवेत संवेद
लोगों के हृदय से नहीं, मस्तिष्क से
किसी गुप्त स्मृतिकोष से साँप-बिच्छुओं
        और वनैले जंतुओं के निकलकर
सड़कों के फुटपाथों और दुकानों के काउण्टरों पर
फैल जाने से पहले
दिनभर की नींद से चौंककर निठल्ले जेनरेटरों के
भर्राते प्रकाश-प्रलाप शुरू करने से पहले
गंदे गालोंवाले बच्चे की उजली मुस्कान सरीखी धुँधलाई
नई चिमनी वाली गँवई लालटेन बन
जल उठता है चन्द्रमा
आकाश के ओसारे में
पके खजूर फल की तरह पीला
हाँ, वह क्लिन्नखर्जूरपाण्डु चन्द्रमा जिसे देखा था भास ने
वसन्तसेना की उज्जयिनी में
सर्वजनसामान्य प्रदीप वह राजमार्ग का
युवतिजनों का सहायक।

चौड़े कैरियरवाली एक साइकिल

चौड़े कैरियरवाली एक साइकिल
एक गली में
दीवार से टिकी हुई नहीं
स्वावलम्बी—अपने स्टैण्ड पर

उसमें पसीने की गन्ध है

अब यह उस कैरियर पर
बाल्टे से छलके हुए दूध की गन्ध है
कि पुजी हुई नई बनारसी साड़ी की
जो पुरानी पेटी में नहीं समाती
मिहनत की वह गन्ध किसी हिन्दू देह से आती है
कि किसी मुसलमान देह से

यह निकट जाने पर पता चलेगा
या शायद नहीं भी
और मैं बगल से गुजरता हुआ
साइकिल के उस चौड़े कैरियर पर
रखूँगा हल्लुक हथेली
वह आदाब होगा या नमस्कार
समझ लेगी कर्कश टायर के भीतर
ट्यूब-से कोमल मनवाली
नन्ही-सी छुछ्छी करती है
जिसकी प्राण-वायु की रखवाली
हाँ, समझ लेगी
कर्मठ कुशल कैरियरवाली वह साइकिल

और बहुत हलके से घुला देगी
मेरे लहू में अपना थोड़ा लोहा
हवा से हाथ मिलाने वाला अपना लोहा
जिसकी मुझे सख्त जरूरत है
मुझे और मेरी कविताओं को।

राह दो

साइकिल का चौड़ा कैरियर
जिसमें उगी
दो लौह अंकुरियाँ—नन्हे सींगों की तरह
दोनों ओर लटकते दो बाल्टों की कड़ियाँ
भुजमाल डालती हैं जिनके ग्वाल-परुष गले में
और चाँपते तलवों की ताल पर चल पड़ती है तन्वंगी साइकिल
गजगामिनी चाल में
दुग्ध-बोझिल थनोंवाली धेनु एक

राह चलतो! राह दो
बचो, बचो उससे
वह मरखंडी तो नहीं
लेकिन तुम्हें चोट लग सकती है और भले ही अपनी जल्दी में
वह परवा न करे लेकिन उसे भी
रँभाते हैं कितने-कितने बछड़े कितने-कितने घरों में
मुँह उठाए दुधमुँहे उसके आने की दिशा में
कितने-कितने बछड़े जिनमें शामिल हैं
पोपले मुँहवाले दादा-दादी भी
भोजन का ओ टूटकर भजन-भर बचा जिनके मुँह में
रसना हुई शाकाहारी सरल, चाहती-सराहती तरल
जिसके आने की दिशा में टकटकी लगाए
चौखट पर ही बैठी हैं चुक्के-मुक्के
अंजलि की तरह उद्यत जाने कितनी पतीलियाँ जाने कितने घर
और चा-दुकानों में शिशुगजों-सी सूँड़ उठाए कलपेंदी केतलियाँ
चिग्घाड़तीं मौन

उनकी दुग्धाशा न हो दग्धाशा
बचो और बचाओ
दोनों ओर भारी बाल्टे लटकाए—गजगामिनी चालवाली
न्यग्रोध-परिमण्डला
वह जो आ रही है तन्वंगी साइकिल साँवली होते भी दूधिया
एक ओर हो उसे राह दो
प्यार से आभार से।

हरिप्रसाद चौरसिया का बाँसुरी-वादन सुनते हुए

वह तुम्हारी आत्माभिव्यक्ति नहीं
हमारी आत्मा का पुनर्जन्म था
बाँसुरी तुम्हारी
अस्मिता की अभिव्यक्ति नहीं
अस्तित्व की अनुभूति थी हमारी
हमारे जड़ जीवन ने
न जाने कब पा लिये प्राण-पंख, आकाश अनभ्र
वह अस्तित्व का उल्लास था
कि उल्लास का ही अस्तित्व था
हमारी उदास दुनिया में अजीब-सी जो उजास
थी वह यही थी, यही थी
हिम-हत हिय में हुलास थी बची हुई अक्षत
कहाँ पता था तुम्हारी बाँसुरी सुनने से पहले
यह सब हमें

खचाखच भरे
मुक्ताकाशी प्रेक्षा-प्रांगण में
राम नहीं, तो
राम की पादुका सही
अपनी जगह पर इस तरह
बिठा जाते थे अपनी चप्पलों को लघुशंकित श्रोता निश्शंक
एक राग से दूसरे राग के बीच में पंजों पर चलते निःशब्द
कितने चक्षुश्रवा
कर्णचक्षु बन गए थे उस दिन
जिन्होंने बस नितम्ब-भर जगह घेरी थी अब तक इस पृथ्वी पर

वैसी भी दो-चार बहुबाहुआलिंगित देहों को
लताओं की तरह सिहरते देखा था मैंने
और बूढ़े मल्लाहों के
बिवाइयों भरे तलवे संगीत से सिंचते मौन
देखा था, दशाश्वमेध घाट पर घूम-घूमकर
विदेशियों को फूँक-फूँककर वंशी बेचने वाला
अपनी वंशियों को गोद में लिये
आज सुन रहा था वंशी की टेर
जो उसे ले आई वंशियों की दुनिया में
बचपन में भटकाकर भटक गई जो, वह टेरती टेर
मानो द्वापर के अधरों पर कृष्ण की मुरली
फिर से जी उठी हो हमारे समय में

हरिप्रसाद चौरसिया! अनन्य बाँसुरी-वादक! संगीत-साधक!
किन हिण्डोलों में झुला देते हो तुम हमें
कि जी धक् रह जाता है आनन्द से
स्तब्धता में ओस के गिरने की आवाज आती है हृदय-शिला पर
और कभी
तुम्हारी वक्ष-वायु नहीं वंशी-रंध्रों पर
जैसे उनचास पवन फूँकते हों पृथ्वी के सारे बाँसवनों को
एक महाराग में—जो राग मही का आकाशातुर।

(दो)

हमारी आँखें भर आई थीं आनन्दाश्रुओं से
जब हमने देखा
हमारे साथ सुन रही थी
हरिप्रसाद चौरसिया का बाँसुरी-वादन
एक अन्धे बाबा की सनयन लाठी भी
आँखें मूँदे विभोर

डूबती तरैयाँ
भोर की बिरियाँ
जब फैलने लगी थी उजास

उद्भासित आकाश को उद्घाटित करते हुए उड़ निकले थे
पहले पाखी
खाली-खाली हो गई थीं संकटमोचन-प्रांगण की
मुड़ी-मुचड़ी दरियाँ
लौह-अयस्क के हृदयवाले ही बच रहे थे
संगीत-चुम्बकित
जीने की थकान उतर रही थी हम सबकी
एक नामालूम पर निविड़ थकान, जिजीविषा को पथरानेवाली
वंशी-स्वर के विभात-वायु-झकोरों में वह
भैरवी की तान थी, जीवन जगाती

छककर थककर अन्धे बाबा
एक करवट में लेट गए थे
मूँद ली थीं अपनी मुँदी हुई आँखें
जगमगा रहे थे भीतर जाने कौन से नयनातीत रंग
अन्धता की स्याह थकान उतर रही थी उनकी
जिन्दगी की खोह से गुजरती हुई एक टोह
देवदूत के चेहरे में बदल गई थी
उनके दोनों घुटनों के बीच दबी हुई लाठी
सनयन लाठी
आँखें मूँदकर सुन रही थी विभोर
जानती हुई, आँखें खोलकर जीवन की सड़क को
ठकठकाते चलना है उसे
जीवन-भर दो पाँवों के हाथ-भर आगे-आगे
और अबके खुली हुई आँखें
नई आँखें होंगी बिलकुल
उस सनयन लाठी की
जानते हैं हम
हरिप्रसाद चौरसिया का बाँसुरी-वादन सुनते हुए
यह भी कि
प्राणों की पिपासा को प्रेम चाहिए कण्ठ लगाने को
और आकण्ठ भरता
मुरली-स्वर।

खजुही कुतिया

यह खजुही कुतिया भी
इस बरस माँ बनी है
दूधिया थन हो रहे गुलाबी
लद-बद तर-ऊपर होड़ मचाते पिल्लों के चुस्से कुछ और

गंगातट, सिंधिया घाट
कठचौकी पर पाँव लटका, बैठे मुझको
गीले तलवों गीली रहने वाली घाट की
एक निचली सीढ़ी पर खड़ी, उठाए गरदन
निहोरे-भरी आँखों से ताकती है
एकटक निहारती है
वह कुतिया—मानवी नहीं, लेकिन मानवीय
एक माँ-वक्ष आँचल की तरह फैला
उन आँखों में
मेरे आगे

मेरे आगे ही क्यों
क्योंकि मेरी गोद में
खुला हुआ एक कागज कलमसंगी
भला अभी किस काम का
काश! होता झालमूढ़ी का दोना यह
तब फकत थोथे शब्द नहीं, बूँद भर दूध देने की
सकत होती इसकी

हैं तो सर्वशक्तिमान सिक्के जेब में
पर कितने अशक्त अभी

इस खजुही कुतिया के आगे
क्योंकि यह माँ है, भिक्षुक नहीं ढोलपेटवा
यह नहीं, नगर में भिखारी बना वह बूढ़ा चटोर कुत्ता
जो विश्वनाथ-गली के मुख पर
एक हलवाई की दुकान की सुस्वादु गन्ध-डोर से बँधा
कड़ाहों और थालों के गिर्द मन ही मन गोल-गोल घूमता हुआ
वहीं डोलता है
हर आते-जाते को चिरौरी-भरी आँखों से ताकता
किन्हीं भी ठिठके-रुके, बतियाते जनों के पास जा
उनमें मुख्तार और उदार लगते व्यक्ति को चुन
पिछले दो पाँवों के बल बैठ
अगले पंजों को उठा
दाएँ मँगतू पंजे से छूता है घुटना
आँखों में डाले-डाले ही याचक आँखें
गरदन की जरा सी जुंबिश से हलवाई की
उस दुकान को दिखाता-सा
कि तभी, वहीं का कोई जन, श्वान-मित्र कि दुकान-मित्र
कसता है फिकरा :
देखते क्या हैं, हलवाई की दुकान से दिला दीजिए इसे कुछ
खुश हो जाएगा भैरों का वाहन
और विस्मित होते भी मन है कि खेद से भर उठता है
कुत्तेपने की यह अन्तिम दुर्गति देख
वहाँ, विश्वनाथ-गली के मुख पर
देख उसे—सिक्कों की सामरथ से परिचित वह भिखारी कुत्ता!

लेकिन सिंधिया घाट की यह खजुही कुतिया
भले ही कभी रही हो चटोर
भिखारिन नहीं
जूठे पत्तल चाटते भी स्वाभिमानिनी
उसकी बंकिम ग्रीवा में
अँका है उसका चरित्र-लेख
तनिक ध्यान से देखो तो

गोद से कागज उठाकर

हवा में हिलाता हूँ
इस तरह दिखाता हूँ
कि कोरा कागज है
कुछ शब्दों की लिखत लिये भी कोरा कागज
ताकि गुलाबी थनोंवाली वह माता कुतिया
जाए किसी और ठौर
उसे रचना है अपने गद-बद छौनों के लिए दूध
और शाम घिर रही है
शीतकाल की तुरत ही सँवलाने वाली शाम।

भैंससर

भैंससर
सेण्ट्रल हाई स्कूल
और सेण्ट्रल प्राइमरी गर्ल्स स्कूल
के कमच्छा में फैले-पसरे हातों के
संधिस्थल पर
'नो मैन्स लैण्ड' जैसा विजन है जहाँ
अगल-बगल नये बने
एक-दो घरों के बावजूद
वहीं वह छिछला फैला गड्ढा
सावन-भादों में जो
बन जाता है भैंससर
इस गांगेय नगरी में
मन चंगा तो कठौती में गंगा का
मननहावन दृश्य
एक भैंससर
जिसके मटियाले पानी में
आकण्ठ डूबी
पगुराती बैठी रहती हैं भैंसें
इस आपाधापी वाली दुनिया से परे
किसी और ही समय में
निश्चिन्त

वह प्राचीन समय है
लेकिन वह सुदूर भविष्य का भी हो सकता है

जल-सतह के ऊपर
उनके सींगयुग
अपने बीच आकाश को भरे हुए

वे उठती हैं
जब दिन उठने लगता है घाम से घबराया एक दिन
पगुराती हुई, जिसे
मुँह चिढ़ाती रही हैं वे
दिन-भर
भैंससर में आकण्ठ निमग्न भैंसें
धीरे-धीरे
अपने थनों को भारी महसूस करती हुईं

वे उठती हैं
और उनके साथ उठती है
थोड़ी गीली मिट्टी
उनकी देह से लिपटी हुई
उनका चन्दन-लेप

एक-दूसरे के आगे-पीछे
घरमुँही चलती हुई
काली कड़ियल पीठों की रगड़ में
झिरता है मिट्टी का चूरा
राह चलते जो उनसे सट जाओ
तो लगता है अंग में उनका अंगराग।

मृत्युंजयी

जीवित्पुत्रिका-व्रत का उद्यापक स्नान कर
एक कठिन निर्जल उपवास की पारंगताएँ
अपने गाँव-घर लौटती हुई स्त्रियाँ
गोद के छौने की चकित मूक आँखों को
बिम्बित ही नहीं, विकसित पाती हैं आँखों में इस बार
बार-बार
शहर से गुजरते हुए
सोचते न थक रही हैं
ये लोग इस बार क्यों
शहर के सयाने
मुँह पर पट्टीनुमा नकाब लगाए घूम रहे हैं
नहीं, वे खूब पहचानती हैं
शहर में होने वाले जैनियों के समागम को
उनकी मुँहबन्द धवलता को हेरते तो हैरत नहीं होती कभी
तो क्या यह नया कोई चलन है
शहर के सयानों में
घबराए दिखने का
सोचती हैं रातलम्बे जिउतिया गीतों से रुँधे कण्ठवाली स्त्रियाँ
रुक-रुककर अचरज के घूँट भरतीं
गीले तलवों लौटती हुईं अपने गाँव-घर
अनेकानेक महातमी कुण्डोंवाले इस गांगेय नगर
की चिरपरिचित नागरिक डगर
पर ठिठककर
तनिक कुतूहल से
गठरिया का कन्धा
और लरकोरी गोद के बच्चे को बाँह और कमर

बदलती
स्त्रियाँ सुहागवती भागवती

वे नहीं जानतीं
गँवई-गाँव की वे ममतालु माताएँ
कि अपने व्रतशुद्ध वक्ष से बच्चे को लगाए
वे प्लेग के पास से गुजर रही हैं
प्लेग जो यमराज का ही है दूसरा नाम
लेकिन जो धर्मराज नहीं, अधर्मराज है
गंदगी के दुर्गन्धित सिंहासन पर आसीन—अकाल अन्तक
अनजाने उससे दूधगन्धी आँचल छुआती गुजर रही हैं
सन्तान के मोद-मंगल के लिए अक्षत फल
अरपने वाली अहिवातिनें
जानते भी भूलीं कि सुतमांसभक्षी गरुड़ से बचाने वाला
सतयुगी राजा जीमूतवाहन नहीं कहीं
बल्कि उस कराल गरुड़ के कलिकालिक वंशज गिद्ध हैं
शासक आज के जम्बुद्वीपे भारतखण्डे—लोकतंत्र-नामोच्चारी

उनमें से कुछ जो पढ़ी-लिखी भी हैं
ब्लैकबोर्ड के हृदयवाली प्राथमिक-माध्यमिक पाठशालाओं में
यही जानती हैं
डायनासोर की तरह इतिहास में पीछे कहीं
छूट गया है प्लेग
हाँ, उतना ऽ ऽ पीछे नहीं
लेकिन जैसेकि अन्धकार-युग के अवसान-बिन्दु पर
वहाँ जहाँ से आधुनिक सभ्यता का सीवान शुरू होता है

और ठीक ही तो जानती हैं
कुछ भी ठीक न जानने वाली वे स्त्रियाँ
इससे अधिक और क्या जानते थे अधिक जानने वाले लोग भी
वे तो कुछ अधिक ही पतियाते थे
छतों पर यहाँ-वहाँ उग आए
डिश एण्टीना के नयनाभिराम छत्तों से झरते आश्वासन
भले ही न मिलती हो उनसे आश्वस्ति तनिक भी
समृद्धि की सभ्यता के शुभंकर प्रतीकचिह्नों की तरह उगे हुए वे

अन्तरिक्षमुखी डिश एण्टीना
पसरे हुए हैं जो धरतीधाँगी बच्चों की
आकाशचारी पतंगें लीलनेवाले
पिचरप्लांट बने छतों पर
झुट्ठे हैं सरासर
और झूठखोर हैं वे जो जूठखोर हैं पश्चिमी सभ्यता के

नशे की तरह ही उतर जाता है
झूठ का नशा
अन्धकार-युग से निकालकर
एक काला लोमश हाथ
जब उनके कन्धे को छूता है प्लेग
इक्कीसवीं सदी के लिए कब से उत्तानपाद वे
खड़े-खड़े दलदल में धँसते-फँसते-से हैं, भौचक
नथुनों को भँभोड़ती है एक मरे हुए चूहे की गन्ध
वह मृत्यु की गन्ध है दुस्सह
और चूहों की तरह भागने लगते हैं लोग
कि जैसे कोई डूबता हुआ जहाज हो
प्लेगग्रस्त नगर

और प्लेटफार्मों और जनपथों पर
टकराने से बचने लगते हैं पाकिटमार भी
युद्ध-द्वार डॉक्टर रुद्ध-द्वार घोषित कर देते हैं खुद को बीमार
और नाक-मुँह सिकोड़ते सयाने मूँद लेते हैं नाक-मुँह
चार अंगुल के निर्जीव कपड़े से एहतियातन

उन्नतनासिका मुदित आनन
नगर में तब घूमती होती हैं
नहान से लौटती निकट गाँवों की
जिउतिया-व्रती स्त्रियाँ
जिजीविषा से भरी
हड़ियल है जिनका लालित्य
कड़ियल है जिनकी ममता।

[सितम्बर, 1994]

उस दिन

उस दिन जब
नगर की सड़कों पर
एक अचरज
दूध की धार बन टघर उठा था
दुधमुँहे बच्चे टुकुर-टुकर ताकते रहे थे
और दुग्धपान करती न अघा रही थीं लम्बोदर पाषाण-प्रतिमाएँ

उस दिन
एक चमत्कार धो-चमका रहा था
अन्धी खाई तक जाती अन्धविश्वासों की पुरानी सड़क
जिसके दिन फिरे थे, नगर ने जिसकी ओर मुँह कर लिया
था उस दिन
टेलीविजन के सारे चैनलों से फेरकर मुँह
क्योंकि उससे अधिक रोचक-रोमांचक
और भला क्या हो सकता था
गजमुख गणेश-प्रतिमाओं का दुग्धपान!
हर तरफ लोगों के हुजूम थे
उत्तेजित
स्त्री-पुरुष : तत्सम-चमचम भाषा के धनी
एक स्थानीय दैनिक के
नगर-संवाददाता के अनुसार आबालवृद्धवनिता
सब के सब
हाथ लिये एक न एक दुग्धपात्र आकण्ठ भरा
और उत्कण्ठा को समो न पाता हृत्पात्र
निकट के गणेश तक पहुँचने को हड़बड़ाए

गणेशमुखी हर सड़क ढलवाँ हो गई थी
बहे जा रहे थे लोग हरहराए
मेले का दृश्य था चौतरफा
प्रकट हो गए स्वयंभू स्वयंसेवक—दण्डपाणि उद्दण्डवाणी
गणेश के गण बन गए थे नगर के निठल्ले नौजवान तमाम

उस दिन
नगर के नायक थे छप्पनो विनायक
ढुंढिराज का ढिंढोरा पिट रहा था
विश्वनाथ की नगरी में उस दिन
उस दिन वह दिन था
जिस पर अगले कई-कई दिनों तक
देशव्यापी बहस छिड़नी थी
समाजविज्ञानियों और मनोविज्ञानियों और
धर्मधुरीणों और तार्किकों
और आस्थावादियों और संशयवादियों
और इनके और उनके बीच
वह दिन कि जिसके बारे में
अगले कई-कई दिनों तक
खोजी पत्रकारों और सरकारी गुप्तचर विभागों के जिम्मे
बस एक ही काम था
यह पता लगाना कि आखिर वह दिन शुरू कहाँ से हुआ था
हरिद्वार से कि मुम्बई से?
कि जिस तरह अभी-अभी बीती प्लेग की महामारी
सूरत से उठी थी
कहाँ छुपा था इस जनोन्माद का भूचाल-केन्द्र?
एक बात तो तय थी
प्लेग के विषाणुओं की तरह अन्धश्रद्धा के विषाणु भी
धरती की सतह से पोंछ दिये जाकर भी
पुनः-पुनः जी उठते हैं
मरजीवा हैं वे, उन्हें मारना मुश्किल वैज्ञानिक विधियों से
तब तो और भी जब विज्ञान की पीठ पर ही सवारी गँठी हो उनकी
एक दुर्दृश्य जिसे देख, स्कूलों के ब्लैकबोर्डों के भी
चेहरे पड़ गए स्याह

क्योंकि यह बात पक्की थी कि उस दिन
टेलीफोन खड़के थे देश भर में
इस नगर से उस नगर :
सुना आपने! गणेश पी रहे हैं दूध यहाँ चम्मच-चम्मच
आपके नगर में क्या हाल है?
कमाल है! अभी देखते हैं, अभी मिल जाएगा कच्चा दूध,
आपका क्या खयाल है?...
संचार-क्रान्ति के इस युग में
अन्धश्रद्धा भी त्वरित संचरित कि संक्रमित होती है, बेशक!

अन्धश्रद्धा!
जिसकी चकाचौंध में नहाये नगर की
हैरत से खुली-खुली आँखें भी
भीतर से मुँदी-मुँदी थीं
उस दिन
उसी दिन
देखा था वह दृश्य कवि ने
वे नहीं थे ढुंढिराज महाराज
न आग्नेयकोण के वक्रतुण्ड विनायक
न दक्षिण के कूटदन्त
न ही नैऋत्यकोण के शालकटंकट विनायक
न पश्चिम के देहलीविनायक विख्यात
न वायव्यकोण के विनायक चित्रघण्ट
न उत्तर के स्थूलजंघ
न तो ईशानकोण के राजपुत्र
न ही पूर्व के सिद्धिविनायक
और न कोई अन्य विनायक सिद्ध-प्रसिद्ध

वे थे एक नन्हे गणेश
किसी दिशा के नहीं—स्कूटर-स्टैण्ड पर के
पता नहीं किस श्रद्धालु की गणपति-भक्ति का
अँखुआ फूटा था वहाँ
अज्ञातकुलशील
एक विटप के नीचे

चौतरे पर

वे नन्हे गणेश
न तो उनकी सूँड़ संगमरमरी, न उदरदेश में बलुहा पत्थर
न जाने किस मिट्टी कि गिट्टी के बने
तिपहियों के पीठ-पीछे
प्रायः निद्रालीन रहनेवाले
टैंपुओं के भरने से चौंक, जग
उन्हें अभय का आशीष दे
पुनः सो जाने वाले
जगे-जगे थे उस दिन
ठगे-ठगे
उनींदी आँखों पेड़ से टँगी दान-पेटी को निहारते विमन
अठन्नियों से आह्लादित होने वाली एक दान-पेटी
जो सुबह से खनकी न थी एक भी बार
हवा में चारों ओर
कच्चे दूध की गन्ध थी
उनके सामने से गुजरती गई थीं
हाथ में दूध-भरा बरतन लिये
इस-उस दिशा के इस-उस विनायक की ओर मुँह किये
तेज कदमों, माताएँ नगर की
उनमें अनेक ऐसी भी
दो चूचुकियों वाली काँच की एक मुष्टिग्राह्य बोतल ही
जिनके दूध-पीते शिशुओं के लिए
दुग्धदात्री धात्री रही सदैव

दूध छलकाती चली गई थीं वे
और उनमें से किसी ने उनकी ओर
आँख उठाकर देखा न था
आखिर वे भी तो किसी पार्वती के बेटे थे; यह सोच
भर-भर आती थीं उनकी आँखें
उस दिन
कि वहाँ, उस चौतरे पर
आ बैठी एक स्त्री, क्लान्त, धूप में—जीवन-धूप में भी—कुम्हलाई

गोद के रोते बच्चे को चुपाती
आँचल के नीचे ले जाती उसका मुँह
वह उसका पेटपोंछना
कई सन्तानों की उस दुबली महतारी का
जिसके दिन पर दिन निराहार, जिसका जीवन निराधार
बस उसका अवलम्ब
बाँहों में का वह बच्चा
चिंचोड़ता छाती सूखी, फिर रोता दूना

दूध की एक बूँद नहीं
आँसू की एक बूँद
वह किसकी आँखों से टपकी थी?
उस स्त्री ने जब उठाया था माथ
आँखें हुई थीं चार
विजड़ित नन्हे गणेश से
नन्हे गणेश ने माँ-मस्तिष्क में
चुपचाप एक शब्द टपकाया धा—एक शिशु नाम :
गनेसी।

[21 सितम्बर, 1995]

मोतीझील

पीछे हमारी नौकरियाँ हैं
और आगे किन्हीं की बकरियाँ

केशव शरणं गच्छामि कहते हुए
हम पीछे-पीछे कवि-मित्र केशव शरण के
आए हैं महमूरगंज के उनके ऑफिस से निकल
मोतीझील तक
रस्ते में, एक सँकरी गली से गुजरते
पूछा जब एक झक्की-शक्की बूढ़े ने डपट :
के सब?
तो हमने एक स्वर से बस यही कहा :
केशव!

सामने
मोतीझील!
सावन के होते भी दूबर-पातर भूअर बादर
की हँसमुख झींसी में नहाती हुई!
कि मन को एकसाथ एक अनोखी खुशी और एक अजीब-सी
उदासी में नहलाती हुई!
मोतीझील!
जिसकी जलवायु में विगत-वैभव सामन्त युग का नि:श्वास!

मोतीझील!
जलमग्न होते भी भग्न-उर
झरते पलस्तर वाली खस्ताहाल विशाल राजसी
कोठी की चिरसंगिनी!

सुनते हैं, बिक चुका है यह पूरा परिसर
एक भवन-निर्माता के हाथों
यहाँ बसेगी अब एक नई कालोनी
जहाँ मोतीझील है, वहाँ
पूँजी के पुंजीभूत अट्टहास-सी उठेगी
बहुफ्लैटशाली एक इमारत
लेकिन अभी तो
मोतीझील के जीवन की यह अन्तिम बरसात भी
उसे इस तरह भर रही है
जिस तरह पहली बरसात ने भरा था
सघन मेघों से पहले उसे आप्लावित करने की
        नन्हमुँहे बादल-बच्चों की हौंस के हाथों

उखड़ गिरे, लमलेटे, एक तरुराज के तने से उठँग बैठे
औचक देखते हैं हम
छिन्नमूल पेड़ ने दो-चार जड़-शिराएँ
डुबो रखी हैं पानी में
और उगा रखी हैं मुँह पर कुछ पत्तियाँ
अपने सूखे तने पर
बकरियों को बुलाने के लिए
उनके उठे मुँह से भी ऊपर कुछ हरी पत्तियाँ
चतुर सुजान पेड़ ने
अपने सूखे तने पर पहन रखी है
फैली सूखती हुई एक छींटदार लँगोट भी

एक और लँगोट भी है, बगल में
एक सही-साबुत पेड़ की निचली टहनियों से बँधी लटकी सूखती
और अचानक हमारे मन में उठती है मरोड़
इस बारिश के बाद
जब मोतीझील भट दी जाएगी
तब ये फैली लटकी सूखती हुई लँगोटें कहाँ जाएँगी
कहाँ जाएँगे जलपाखी
लम्बी टाँगों और लम्बी चोंचवाले जलपाखी
कभी आहार-सन्धान कभी क्रीड़ा-स्नान करते जलपाखी

कहाँ जाएँगे
उड़ते-उड़ते हवा में एक जगह थिर हो
अचानक ढेले की तरह गिर
पानी में से मछली को चोंच में ले उड़ जाने वाले दूरदर्शी कौड़िल्ले
और पानी में डूबी हुई वे तीन बंशियाँ कहाँ जाएँगी?

हममें से कोई भी
नहीं पूछता यह सवाल
जिसका उत्तर किसी को नहीं मालूम
या शायद सबको मालूम है

कोई देखे तो
हमें देखता पाएगा
एकटक
उस छत्रपति आकाशवान पीपल-कुल के महावृक्ष को
जो बाजों का है घर
जिसकी शाखों पर
बसता है
नीड़-निर्माण-विमुख पक्षिराजों का कुनबा

ये शहर के हिस्से के बाज हैं
शहर के आकाश का भी केवल कलही कौवों से न चलता काम
और फुर्र-फुर्र उड़ती गौरैयाओं से
इन बाजों की गम्भीर मण्डलाकार उड़ानों के भीतर सुरक्षित
शहर के आकाश की नाभि है
उसका गुरुत्व-केन्द्र

तभी तो, जब-जब वे
मोतीझील के पानी में डुबोते हैं प्यास और गरिमा से भरी चोंच
जल गौरव से भर उठता है
ये बाज जब विदा होंगे
किसी उपग्रह चैनल से छूटे हुए
सुदर्शन सुतीक्ष्ण बाण

आसानी से बींध देंगे शहर के आकाश की नाभि

हमारी चिन्ताओं को चमकाती और बुझाती
तभी सघन हो उठी संध्याभा

खग-रोर में डूब गया जग-शोर

शाम ने
हमें रोशन किया
अन्दर तक

मुँह फाड़े, हमें एकटक घूरते
ध्वस्त पड़े पत्थर के शोभा-शेर ने
जिसके खुले मुँह में कभी फव्वारा था
अचानक एक मीठी दहाड़ भरी

वह एक पल था
जब मिटते-मिटते चीजें
सँवर जाती हैं
बन्द पड़ी घड़ी सही वक्त दे उठती है

बस एक पल
और फैलने लगी है स्याही

हमारे भीतर मैदान की तरह फैली हुई उदासी का
अब एक नाम है—मोतीझील
हालाँकि लौटने के लिए हमारे पास अपने घर हैं
हमारी प्रतीक्षा में खोले किवाड़

उठते हुए, हम जानते हैं
कल को, जब मोतीझील भट दी जाएगी
महमूरगंज के अपने ऑफिस में, पाँच बजे, काम समेट
जब कवि-मित्र केशव शरण, पुड़िया से निकाल, मुँह में
जमाएँगे भाँग का गोला

हो उठेंगे अशरण, समझ न पाते कहाँ जाएँ बिताने साँझ
और घर पर भी कहाँ होगी फुर्सत टी.वी.-दर्शन से
उनके बेटे-बेटियों को
कि कभी नहाएँ उनके मन की मोतीझील में
और हम भी पता नहीं कहाँ होंगे अपने जीवन के निर्जल में
हमारे मन में मोतीझील बची भी होगी कि नहीं पता नहीं
कि वहाँ भी वह भट दी गई होगी
तमाम-तमाम किताबों और अखबारों और प्रसारणों से
झरती जानकारियों से!

औचक पहुँचे, उस दिन हमने

औचक पहुँचे, उस दिन हमने
साँझ को शुरू होते देखा
चनमा सट्टी चौराहे पर की
उस चाय-दुकान में
ढलती साँझ हमारे पहुँचने तक
जो गहगह होती थी

अब जानता हूँ
उस चाय दुकान की साँझ
बहुत पहले शुरू हो जाती है
दोपहर ढलते ही
तिपहरी के साथ

उस चाय-दुकान के भोजनावकाश को
समाप्त घोषित करता हुआ
उसका उधड़नीलरंग शटर उठ जाता है, नन्हे हाथों
पूरा नहीं, थोड़ा-सा
बमुश्किल हमारे घुटनों तक
लेकिन काफी, उन तीन बच्चों के लिए
जो संझा के अग्रदूत हैं
(और सुबह के भी)
तनिक सिर झुकाकर अबाध उनकी आवाजाही
दुकनिया के भीतर-बाहर
कर्म-कुशल वे तीन नन्हे बच्चे
एक बच्चा—तनिक गुलथुल-सा
और दो बच्चियाँ भूरे केशोंवाली

एक मँझोली हथौड़ी से
बच्चा फोड़ता है कोयले
उकड़ूँ बैठ
बच्चियों में जो बड़ी है, निहुर
एक टुटही झाड़ू से बुहारती है फर्श
साफ, बहुत साफ—झकाझक
दूसरी बच्ची इस बीच
सामान उठाती है धरती है
परात, पतीला, केतली, बोयाम

फिर धुआँ उठता है
देर तक
तब अँगीठी दहकती है

शाम जब बस़ जाती है
यादवजी की चाय-दुकान चुस्कियों और मुस्कियों से
भरी होती है
वे बच्चे तब नहीं दिखते हैं
वे बच्चे तब हमारे नेत्र-तल के नीचे होते हैं
वे पाँव हैं जिनके बल पर
अचल खड़ी भी वह दुकान चलती है
यादवजी की चाय-दुकान
बड़े भोर से देर रात तक थिर न रहने वाले
वे पाँव—जिनसे गुम गया है उनका गंतव्य
अनथक कदमताल करते हुए जो मार्च कर रहे हैं
नन्हे सिपाहियों के पाँव
जो आगे बढ़कर जीत लेंगे
अपने पिता का निबुध स्वार्थ-समर
और आह! हार जाएँगे
आखिरकार
वे हाथ-पाँव-भर नहीं, मस्तिष्क-धर भी हैं
शुक्ल-पक्ष के चाँद की तरह बढ़ती हुई
यादवजी की वे सन्तानें
किताबों के चन्द्रोदय से वंचित शाश्वत कृष्ण पक्ष

का अन्हार फैला होगा
जिनके मस्तिष्क में
ब्लैकवोर्ड से अपरिचित ब्लैकबोर्ड!

एक नवयुवा कवि-मित्र के साथ चलते हुए कोकिल-स्वर

वसन्त के सीमान्त पर
शुरू बैसाख में
जब तिपना शुरू हो जाती है तिपहरी

दशाश्वमेध घाट पर
कुहक उठती है एक कोयल
कि डहक उठती है
एक आकुल पुकार उठती है
प्राणों की, प्राणान्वेषी
एक पल को गाँव की साँवली हरी अमराई में बदल जाती है
दशाश्वमेध घाट की जगर-मगर नगर-दुनिया
आम्र-मंजरियों-सी महक उठती है

मेरे सामने का नवयुवा कवि-मुख
कुछ बोलता हुआ भी
निकट-दूर से कान लगाए, कुछ सुनता-सा
खिल उठता है
कि नातिदूर भविष्य में
सिनुरिया आमों के पेड़ पर
ललाए नन्हे आम
जीरो वाट के बल्बों की तरह
जगमगा उठते हैं
और निराला की कविता में
आमों की सुगन्ध से खिंचकर घर आए वैदेशिक जन
आम्र-पत्रों की वन्दनवार बाँधे घर के ललाट पर टिकाते हैं माथ

और एक अदृश्य तिलक अंकित होता है दोनों ओर

कहता हूँ मैं
सुनो कवि, सखा सुनो
यह पुंकोकिल है
प्रिया को पुकारता
प्राणपण से
व्यक्ति के ही नहीं, प्रजाति के भी हैं
वे प्राण
जो प्रसृत होना चाहते हैं
अनन्तकाल तक

और क्या
दशाश्वमेध घाट पर टहलते हुए
सनेत्र, चाहे मौन—हँसते-चहकते भी, युवा नर-कोकिलों का
है, मुक्तिबोध का शब्द लेकर कहें तो, प्राण-प्रतिनिधि
यह पुंकोकिल
जो कुहक उठा है डहक उठा है
न जाने किस शाख किस मुँडेर
प्राण-दान की उत्कण्ठा के इस मौसम में

कि तभी
कहीं पास से
उठती है ध्वनित पुकार की प्रतिध्वनि-सी
कुछ और सुडौल कुछ और सुरीली
पुकार—प्रतिद्वंद्वी
दूसरे कोकिल की

सुनो कवि इसे, सखा सुनो!
कि जिस तरह सुन रही होगी इसे
बीच में कहीं बैठी कोइलिया भी
और गुन रही होगी
बोल को तोल रही होगी, चुप
अपन भी बतियाने के बीच चुप, लखें

कैसे विवादी स्वर
बनता संवादी
जीवन में
बिसरेगी तो नहीं यह बात कभी?

× × ×

गोदौलिया चौराहे पर
इक्कों का है जो पड़ाव
हेरते हैं सवारियों को इक्कावान इक्के-दुक्के
इक्के पर अधलेटे
पीठ सीधी करते हुए
हेषा-ध्वनि के ऊपर
हर्ष-ध्वनि-सी नहीं, अचानक हूक-सी
एक कूक उठती है वहाँ
कोकिल की
डाकती
डाकती जाती दिशाओं को हवाओं को
ठिठक जाते हैं हम
हम दोनों
देखते हैं, आँख उठा
इक्कों के उस पड़ाव पर गोदौलिया के
दो-तीन पिंजरे हैं यहाँ-वहाँ
जिनके वासी हैं श्याम तन कोकिल कि प्रवासी हैं

एक आह थरथरा देती है
मेरे साथ का नवयुवा कवि-मुख
खोल दें क्यों न
इन पिंजरों के द्वार
प्राण पिराने के इस मौसम में

एक कोकिल-स्वर
एक प्रवासी पुकार है उत्कण्ठ—कि हृत्कण्ठ से उद्‌भूत
क्या जो पहुँचेगी गाँव की अमराई तक
टपके बीनती हुई एक मलिन लुनाई तक
यहाँ जहाँ देह में एक थके हुए प्राणी का पसीना महकता है

मन में गमक-गमक उठती है छूटी हुई अमराई
रूठी हुई तरुणाई
और
अनगिनत टापों से सड़क के सीने पर
चिनगारियों का क्षुब्ध क्षुधित गति-लेख लिखने से पहले
बीड़ी के धुएँ में लिपटे बलगमवाले काकलक से
बोल उठता है एक पुंकोकिल
नगर के महाकाय पिंजर के पंजर को कँपाता
पंचम स्वर में।

रामविलासजी

रात को पहरेदारी करते हैं गांधी विद्या संस्थान की
डूब गए चाँद की जगह ले लेती है धीरे से
उनकी टार्च
गांधी विद्या संस्थान की नींद में
नहीं तो वन्य पशुओं से भयभीत आदिमानव की
तरह सो नहीं सकता
संस्थान
गंगातटवर्ती इस सुनसान-से इलाके में

उनींदी दोपहर में पेड़ को जगाती कठफोड़वा की ठक्-ठक्-सी
रह-रह अधरात की सड़क को जगाती उनकी लाठी की ठक्-ठक्
झींगुरों की अनन्त झनकारों के निंदासे संधिस्थलों को सीती हैं
उनकी व्हिसिल की उन्निद्र सीटियाँ
दिन को अँगोछा बिछा कहीं भी सो रहते हैं बड़-पाकड़ तले
सत्तू की वर्षा-हर्षित मिट्टी-सी सोंधी गन्ध में नथुने नहला
ढुलक जाते हैं सत्तू के कलेवे के अन्तिम निवाले के साथ
सघन पत्तों की तरह हरी-गहरी नींद में
होली-दशहरे के अलावा सपनों में जाते अपने गाँव
अपनी मेहरारू के मुँह और महतारी के मोह से खिंचे
समवयसियों के लिए बढ़ी खुली चूने से
उजलाई प्रसन्न हथेली पर हमेशा
खैनी जिनके
और बच्चों के लिए नन्ही गिलहरी देने का वायदा
बड़ के पकुए को अगले दोनों पंजों में भर
बालसूर्य की तरह वक्ष से लगाए नन्ही गिलहरी
पता रहता उन्हें किस पेड़ के कोटर में,

किस पपीते के पत्र-पर्यंक में
कौन गिलहरी बनी है माँ
इकहरी नहीं रह जाती वह तभी से
        उसे पहचानते हैं रामविलासजी

मुक्ति-नगरी का भिखारी

मन्दिर के माथे पर इकला भिखारी
तिलक-सा अँका है
मन्दिर का माथा
चाहे दुखता न हो रात-बिरात
टीसता न हो
उतनी-सी जगह में
करुणा का गुम्मा फोड़ा
कि जिस तरह दशाश्वमेध घाट की सीढ़ियों की
जाँघें टभकती हैं टटाती हैं
यहाँ से वहाँ तक

मन्दिर नया है
नई चहल-पहल वाली सड़क पर
सजी-बजी दुकानों का प्रतिद्वंद्वी
भिखारी पुराना है
कि वह, ध्यान से देखो तो
भिखारी नया है
आदमी बस पुराना है
खुँटियायी दाढ़ी के उजमैले खद्दरवाला—
एक धवल सज्जनता
धूल-धवल
समय की धूल से भी धूसरित

साँझ के झुटपुटे में
मैं देखता हूँ उन्हें

आदमियों के उस झुरमुट में एकाकी

वे मोक्ष का मुँह ताक रहे हैं
याचक आँखों से
हर आते-जाते चेहरे में

उन्हें मोक्ष के मुँह में छोड़कर
मणिकर्णिका की चिता-ज्वालाओं की तरह
चमकती हैं जिसकी दन्त-पंक्तियाँ
जिस रेलगाड़ी से लौट गए हैं उनके पुत्र-कलत्र
उसका भाप-इंजिन तो
कब का पटरियों से उतर गया
एक प्राचीन इंजिनों के संग्रहालय के पेट में
उसकी सीटी स्वप्न का रेडियमधर्मी ग्राफ आँकती है जमालपुर में
कभी किसी दरबान की झपकी-भर की नींद में
और उसकी तीन सेल की टार्च
इंजिन के हेड लाइट की तरह औचक जल उठती है
सूनी लौह-वीथियों पर निशीथ की

तब यहाँ
पोस्टकार्ड-भर गाँव की
गोबर-लीपी भूमि पर
बिछती है उनकी अधरात की खाट
मुमुक्षु-भवन के खस्ताहाल फर्श पर नहीं

मैं देखता हूँ
बनारस की उस व्यस्त सड़क पर
विमुक्त क्षेत्र की कमर से डाँड़े की तरह बँधी सड़क पर
देर तक रुक
तारक मंत्र
पढ़ने उनके कानों में
झुकता है कि नहीं कोई पशुपति
औघड़दानी शिवशंकर
एक सिक्का लिये

बढ़ी हुई करुणार्द्र रौद्र हथेली में
देखता हूँ कि देखूँ
चमक उठा भुक्ति की फैली मैली हथेली में
मुक्ति का सित सिक्का
अन्तत:
काश!

लालाटिक स्वामी

लालाटिक स्वामी
लालाटिक भृत्य नहीं जो बस स्वामी के भाल को निहारते हैं

लालाटिक स्वामी
जिसने कई भृत्य रख छोड़े होंगे जरूर अपने
ललाट को निहारने को
लालायित आँखों

मिला मुझे गोदौलिया पर
ट्रैफिक जाम में फँसे रिक्शे पर विराजता
दिखे दूर से ही उसके स्वर्णमृगशृंग मनोहर
रुचिर अल्पना-रंजित उसका ललाट
सुबह-सुबह स्नानालय से निकल, दर्पण में देर तक नहाने वाला
एक अधेड़ ललाट जिसकी सलवटें रंगीन रेखाओं में ढँकी हुई
एक अभिनव भाल-लेख—मानवी
काल-लेख को छुपा लेने वाला
क्या कहें उसे दर्शनीय कि प्रदर्शनीय ललाट लालाटिक स्वामी का
जिसे वह मेरी ही ओर किये रहा
तनिक मोड़कर गरदन मृग-ग्रीवा-सी
जब तक मैं गुजर न गया बगल से
गुजरते गुजरते दिखा
उस ललित ललाट पर
अंकित अविराम धूप-छाया-खेल-सा
हर आते-जाते जन की आँखों का क्रीड़न
और
दो आँखों की संयुक्त दृष्टि का द्विधा विभाजन

अद्भुत!
हर दृष्टिपात से लिप जाती उस ललाट पर
एक आँख की सराहना
और लिख जाता दूसरी आँख का उपहास
चन्दन और गन्धक मल जातीं हर दो आँखें एकसाथ
ललाट पर लालाटिक स्वामी के।

अष्टावक्र का वंशज

विश्वनाथ-गली का पाँवपोंछ हूँ
जिस पर स्वागतम् लिखा है
(क़सीदे के अक्षरों में)
मुझे कूड़ा समझकर
बुहारो मत
टूटा हुआ ठेला नहीं हूँ मैं
कि उठाकर हल्ला गाड़ी में डाल दो जब जी चाहे
जनक के दरबार में जमे हुए अष्टावक्र का
एक विकृत वंशज समझना मुझे
मुझसे शास्त्रार्थ करो
मुझे परास्त करो
मेरी खिल्ली उड़ाना
बीड़ा उठाना है
अपनी गिलौरी गलगलाते हुए
याद रखो इसे

रात की ओस जब
सुबह की बरौनियों पर अटकी ही होती है
गंगास्नान कर, भाल पर चन्दन का त्रिपुण्ड रच
हाथों के पंजों में पहनी टायर की चप्पलों पर
पीठ के कूबड़ और सूखी टेढ़ी टाँगों को चलाता
गलीमुख पर स्वागतम् की तरह बिछ जाता हूँ मैं
कूचे की झाड़ू को चँवर की तरह डुलाता
छोटी-सी आसनी की तरह खुल जाता हूँ
मृगचर्म की तरह मानवचर्म मेरा
जिस पर अधिष्ठित होता है एक पेट का खाली कटोरा

खुली आँखों खुली हथेलियोंवाला
जिससे बचकर गुजरते हैं बूढ़े बैल
बँधकर खड़े हो जाते हैं बच्चे
एक अनवरत ताँते के तलवे दिखते रहते हैं मुझे
पुण्यात्माओं के पापकातर मुख
देखना और दिखना ही है मेरा काम
कि करुणा निष्करुण बनकर ही सही, बची रहे

भंग के चौथे आयाम और आठवें आकाश में भी
पीढ़ा बिछाने और थाली लगाने-भर
बची रहती है पृथ्वी
सदैव
तुम्हारे नंगे पाँवों के पास
उगी होती है दूब
फ़ौजी बूटों से मढ़े पैरों में
भय का वृश्चिक-दंश
कि कोई बारूदी सुरंग न फट पड़े अकस्मात्

तुम्हारे पैरों के पास
मैं दूब हूँ या बिच्छू
यह मैं नहीं तुम्हारे तलवे तय करेंगे
तुम्हारी ही तलछट हूँ मैं
जैसे शरीर के पेंदे में कहीं
अबूझ और अबुझ आत्मा

एक झोंपड़ी उजाड़कर
एक कूड़ादान गाड़ते हैं
नगरपालिका के कर्तव्यनिष्ठ कर्मचारी
मानव-मकड़जालों को साफ करते हैं
नगर को निरोग और सुन्दर करने की फिक्र में हैं प्रशासक
प्रदूषण-मुक्त

ठीक, बहुत ठीक
कोई टीका-टिप्पणी व्यर्थ है

कुम्हड़े के भीतर जितना गूदा
लोहे के टोप के भीतर उतनी भी दया-माया नहीं
पेच-पुर्जे हैं और पेचोखम
बस यह बताओ
आम पकने के जिन दिनों में
काम से लेता हूँ छुट्टी और जाता हूँ अपने गाँव
सासाराम स्टेशन उतरकर तीन कोस पूरब
जहाँ खड़े आम के दो पेड़ और एक बूढ़ी माँ
घर के पीछे और आगे
मेरे इन्तजार में
उन दिनों में तुम्हारा नगर
क्या हो जाता है कैलास की बर्फ-सा झकाझक यकायक?
'यहाँ मूतनेवाला गधा है' के भीत-लेखों पर सफेदी पुत जाती है?

बस, समझ लो
त्रिशूल पर ही घोंसला है मेरा
बाबा विश्वनाथ की कृपा है
अरे! इस काशी में
कब बुझती है चिता की लपट या कि चिलम की!

एक कर्णप्रिय कीर्तिकथा

कन्धे पर पट्टा
कठपेटी का पट्टा
जो लटकी बगल से पेटी औजारों की
औजार भी कितने हल्के
उँगलियों के समानुपाती
एक खोंटकढ़नी
एक पपड़ीपकड़नी—बस
और कनखौल का तेल
खास तेल—घर में पकाया—सिद्ध किया,
जड़ी-बूटियों का सत्त लिये
गाँव रतिया बहियार जिला बस्ती के
उस बैद परिवार में
जिसका मलिनमुख नवयुवा राकेश बैद वल्द लुटावन वैद
भटकता यहाँ नंगे पाँव बनारस की गलियों में
'कान साफ करवा लो' की दबी हाँक लगाता बीच-बीच में
आपकी आँखों में देखता हुआ भी आपके कानों में झाँकता हुआ

'कितने कान पकड़ने को मिल जाते हैं दिन-भर में?
कितना कमाते हो
घर भेज पाते हो कितना बीवी-बच्चों के लिए,
राकेश बैदजी महाराज?'

'दस भी मिल जाएँ तो जीने की जुगत हो जाती है भैयाजी!
लेकिन लोग आज दुकान देखते हैं, पकवान नहीं
नाम बिकता है
लोग कहीं तो

पचास आगे जमा कराते हैं और लाइन में पीछे लगते हैं
और यहाँ पँचटकिया पकड़ाते नानी मरती है
जबकि पीढ़ियों का हुनर है अपने पास
हाथ का जस है
यह खोंटकढ़नी क्या बताएँ कहाँ तक जाती है
और यह पपड़ीपकड़नी बहुत नाजुक है, नाजुक
जबरजिद्दी मैल को भी मलाई-सा उतार लाती है
जिला-जवार में पुरखों ने
जिनके भी कान कुरेदे
वे अखीर तक झुरकुट बुढ़ापे तक
चूहे की खटपट से जगे रहे
चोर उनके घर क्या घुसते!'

वे दो दाँत—तनिक बड़े

वे दो दाँत—तनिक बड़े
जुड़वाँ सहोदरों-से
अन्दर नहीं, सुन्दर
पूर्णचन्द्र-से सम्पूर्ण
होंठों के बादली कपाट
जिन्हें हमेशा मूँदना चाहते
और कभी पूरा नहीं मूँद पाते
हास्य को देते उज्ज्वल आभा
मुस्कान को देते गुलाबी लज्जा
लज्जा को देते अभिनव सौन्दर्य

वह कालिदास की शिखरिदशना श्यामा नहीं
अलकापुरीवासिनी
लेकिन हाँ, साँवली गाढ़ी
गली पिपलानी कटरा की मंजु श्रीवास्तव
हेड क्लर्क वाई. एन. श्रीवास्तव की मँझली कन्या
जिसकी एकमात्र पहचान—नहीं, मैट्रिकुलेशन का
प्रमाण-पत्र नहीं
न होमसाइंस का डिप्लोमा
न सीना-पिरोना, न काढ़ना-उकेरना
न तो जिसका गाना ग़ज़लें, पढ़ना उपन्यास
वह सब कुछ नहीं
बस, वे दो दाँत—तनिक बड़े
सदैव दुनिया को निहारते एक उजली उत्सुकता से
दृष्टि-वृष्टियों से धुलते ससंकोच

दृष्टियाँ जो हों दुष्ट तो भी पास पहुँचकर
कौतुक में निर्मल हो आती हैं

वे दो दाँत—तनिक बड़े
डेंटिस्ट की नहीं, एक चिन्ता की रेतियों से रेते जाते हैं
एकान्त में खुद को आईने में निरखते हैं चोर नजरों से
विचारते हैं कि वे एक साँवले चेहरे पर जड़े हैं
कि छुटकी बहन के ब्याह के रास्ते में खड़े हैं
वे काँटें हैं, गोखरू हैं, कीलें हैं
वे चाहते हैं दूध बनकर बह जाएँ शिशुओं की कण्ठनलिकाओं में
वे चाहते हैं पिघल जाएँ, रात छत पर सोये, तारों के चुम्बनों में

रात के डुबाँव जल में डूबे हुए
वे दो दाँत—तनिक बड़े—दो बाँहों की तरह बढ़े हुए
धरती की तरह प्रेम से और पीड़ा से
फटती छातीवाले
जिस दृढ़-दन्त वराहावतार की प्रतीक्षा में हैं
वह कब आएगा उबारनहार
गली पिपलानी कटरा के मकान नम्बर इकहत्तर में
शहर के बोर्डों-होर्डिंगों पोस्टरों-विज्ञापनों से पटे
भूलभुलैया पथों
और व्यस्त चौराहों और सौन्दर्य के चालू मानदण्डों को
लाँघता
आएगा न?
कभी तो!

एक और गन्धमादन

चौक पर के इत्रफरोश मशहूर
हीरालाल एण्ड संस
जिनकी दुकान
करती रहती गन्धदान
नासारंध्रों के लिए खुली प्याऊ
सुरभि-तृषा हो भी या नहीं उनमें
जो बस किन्हीं जल्दबाज पैरों के जोड़ीदार हड़बड़ाहट-भरे नथुने
याकि बिगड़ैल जनों के फड़कते नथुने
तमाखू के धुएँ से धुलने वाले नथुने
अरघानों से मुँह फेरे
बस लेते साँस और कभी-कभी छींकते
वे नथुने भी राह चलते होते सुगन्ध-सराबोर
हीरालाल एण्ड संस के सामने से गुजरते

काँच की भारी डाटवाली शीशियों में
इत्र तरह-तरह के
निदाघ के निःश्वास को रँगते
हिना, केवड़ा, खस
कन्नौज से खास मँगाए

खड़े उसके आगे
दाएँ हाथ के पंजे की पीठ पर
नमूने की इत्र-गन्ध-लकीरों को सूँघते
हम देखते हैं औचक
दुकान की सुगन्ध-बोझिल हवा में

मँडराती हुई एक तितली
पुष्पद वृक्षों के धोखे में
नगर के इस अतिव्यस्त पथरीले हिस्से में
मानो यह गन्धमादन पर्वत हो बनारस के बीच-बाजार
लेकिन यहाँ कहाँ मकरन्द
बस केवल छल-छन्द

पूछने पर बताया दुकान-मालिक ने
चार-पाँच आ ही मरती हैं तितलियाँ
दिन-भर में जरूर
देखा, कालचक्र सा घूम रहा था
छत से लटका सीलिंग फैन
जिसके ब्लेड से टकराकर
अनतिदेर में
अकाल मरना ही है
गन्ध-मुग्धा तितली को
देनी ही है आत्मबलि
सुरभि-सन्धि की दुरभिसन्धि की वेदी पर

यह देखते न देखते
मन की आँखों के आगे कौंधा
स्मृति में किरकिराता
काशी-करवट का पातालवासी शिवलिंग
काशी-करवट कि करवत्! कुख्यात
जहाँ कभी
चलते थे आरे मोक्षकामी दुर्मर जरा-जर्जर गरदनों पर
कि अब जिसके सामने ही
दिन-दिन-भर बल्कि देर रात तक
चलता रहता वीडियो गेम का कोई मनोहिंसक
खेल नन्ही दुकनिया में
जिसके स्क्रीन के आगे बैठे रहते गुच्छे के गुच्छे बच्चे
उदग्रग्रीव व्यग्रमन
काशी-करवट के सामने काशी की नई करवट!
कहना मुश्किल दोनों में कौन ज्यादा हिंसक ज्यादा भीषण

वृद्ध-वधी अतीत कि बाल-वधी वर्तमान?

मित्र ने इत्र लिया इत्रफरोश से
और दाएँ हाथ के पंजे की सुगंधियायी पीठ
सूँघते हम बढ़े ही थे आगे
कि देखा :
सड़क के हाशिये पर एक ठेला खरबूजों का
जिसके सामने खड़ा एक ग्राहक
उठाकर सूँघता हुआ एक खरबूज
धीरे-धीरे
खूब गहरे
आप्राण
और किंचित् अप्रसन्न उसे नीचे रख
दूसरे खरबूज को उठाकर
नासिका के पास ले जाता हुआ
ओह! वह कुलीन ग्राहक हो न हो गन्धभोजी देवकुल का शेषांश
निर्गन्ध ग्रीष्म में खरबूजों का जी-भर गन्ध-भोजन कर
अपनी राह लगने वाला।

लाटरी टिकट

लाटरी टिकटों से पटी हुई है पृथ्वी
सामने तिमुहानी के एक पीपल के पेड़ के पत्तों से नहीं—
वे तो इक्का-दुक्का, दबे-खोये—
निष्फल लाटरी टिकटों से
वृक्ष-तन से नहीं, वक्ष से मन से
झुराए पत्तों की तरह टूट उड़े
लाटरी टिकटों से
जिनका शोक-ताप भी अब तक ठण्ढा पड़ चुका होगा
एक काल्पनिक कल्पतरु के पत्ते वे
वे लाटरी टिकट संख्यायुत—असंख्य
—कोलाहल हलाहल भरे लाटरी स्टालों का एक
झुरमुट ही वहाँ, सड़क के
उस किनारे

जिनके सामने
रात जिनके मुँदने से पहले
बरसाती शलभों-से
ढेर-के-ढेर
इकट्ठा हो जाते हैं मरे हुए दिवास्वप्न
पेट काट खरीदे गए लाटरी टिकट
यह टिकट घरनी की न खरीदी गई दवा
वह टिकट बच्चे की न लाई गई किताब
और वह दिनों से नींद में पहनी जाने वाली
नई नीरन्ध्र खुशमिजाज बनियाइन
और वह...ओह! छल छल छल
बस इस निर्वीर्य द्यूत की धुरी पर

लड़ा नहीं जाना कोई महाभारत कभी

उन्हें रौंदकर जाते
राहगीर जूते
बटबुल्ले बूट

उन्हें उठाने
आने वाले अलस्सुबह
सूरज के पीछे-पीछे
झाड़ू-पंजा लिये
म्युनिसिपल सफाई-मजूर
दो जंग आलूदा पहियों पर कड़े बाजुओं
ठिलती कूड़ागाड़ी के पेट में धरे
निर्वेदमुख सींकिया झाड़ू और अफसोस से भरा भारी पंजा
और उनसे पहले
देर-देर तक दूर-दूर तक
घूमने-भटकने वाले कवि
रौंदकर जाते जल्दबाज जूतों-बूटों के नीचे से
जो उठाते ही रहते हैं
भाषा में बचाते ही रहते हैं
त्यक्त-परित्यक्त में से युग-सत्य के अण्डे—युग-बोध-बीज

या फिर उनका हताश रहस्य
जानते हैं भँगेड़ी नगर के
सरकारी ठेके की भाँग-दुकानों से
पिसी हुई भाँग की एक गोली—या कोई-कोई तो गोला
लेकर खाने वाले, इस बमभोले की नगरी में
प्राय:, रंगीन वक्षवाली विगतजीवन लाटरी
टिकट की स्याह, चरअँगुली पीठ पर
जहाँ, नमी
छूट गई
सजल-उर भंग की
गलाती-सी कागजी कलेवर
उभारती-सी दुख पुराना

पहले एक बार
अदृश्य आँसुओं का
न बहाये गए आँसुओं का
दिया गीलापन अदृश्य
गीलापन अस्पृश्य

यह लो, गिरा सातवें आसमान से
मँडराता आ मिला धरा-धूल में
वह जो पल पहले तक
आशा से ओत-प्रोत था
निराशा के नि:श्वास में उड़ता
एक और लाटरी टिकट
हाँ, वह जो जिन्दगी के लौहदण्ड पर
रात-रात भर सपने-सा फहरता हुआ झण्डा था
सहसा झण्डू हो गया
एक और लाटरी टिकट।

एक रिपोर्ताज

नगर-मध्य का म्युनिसिपल पार्क—कम्पनीबाग
मैदागिन में, उस नागरी प्रचारिणी सभा का पड़ोसी
जिसके भव्य भवन में
नागरी के शव पर
साधक-भूषा में
पालथी मार बैठा है नटनागर एक
हिन्दी! हा! हिन्दी! करता
दोमुँहा छलिया
जिसकी परिभाषा में जिगरी दोस्त वह जो दोस्त का जिगर खाए
और बाल वह जो कपाल पर नहीं,
किसी ऊँची नाक का बाल हो अधोमुखी

ऐसे में बेघर बिलाला फिरते नगर के कवि
मिल बैठने की जगह पाते
कंपनीबाग के एक मैदान-खण्ड में
ताश खेलते लोगों के दो गुच्छों
और पिछले हफ्ते की फिल्म के दृश्यों को पगुराते
तीन बेरोजगार नौजवानों
के बगल में

कवियों का एक गोल
गोष्ठी मण्डलाकार

बगल में नन्हे बच्चों का खेल
सतरंगी एक पारभासक हल्लुक गेंद

किक लगाते ही बन-सी जाती हुई
शतरंगी

हमारे उतारे जूते गोलपोस्ट बने
खेल में शामिल
पता नहीं खेल को बनाते कि बिगाड़ते
कन्दुक-चुम्बक बने
गेंद को अपनी-अपनी ओर खींचना चाहते
तलवों के तलबगार उनके सुपतल्ले
पादांगुलियों की स्मृति को हाथों की उँगलियों की तरह बरतते हुए
फुरसत में थे वे—अनचाही नहीं, मनचाही
जब हम अपने गम्भीर शब्द-खेल में मशगूल

थोड़ी-थोड़ी देर को कभी कोई कभी कोई
पहले उत्सुक ताकता कुछ देर, फिर कान पसारे
आ कर बगल में बैठ जाता हुआ
सबसे अल्पकालिक श्रोता
मण्डल-मध्य में केन्द्रबिन्दु की जगह आ कर
झट लौट जाने वाली
खिलन्दड़ी गेंद
बच्चों की
इस त्वरा से मानो वह परावर्तित किरण हो
बाल-मन-चन्द्र की

तभी किसी ने कहा
ईद का चाँद दिखा
ईद का चाँद दिखा बेशक
नन्ही गोल टोपियों ने छोड़े खुशदिल पटाखे

कम्पनीबाग के ऊँचे-पूरे वृक्षों से
पता नहीं किन-किन फूलों-फलों के वृक्षों से
लेकिन बेशक उनमें एक सेमल-वृक्ष
जिसके ललाम फूल करते हैं माघ-फागुन के
संध्याकाश को कुछ और

लालाभ
वैशाख में उड़ा करती हैं जिसकी
कोमल धवल बहिर्मुख आत्मानुभूतियाँ
श्याम सख्त केन्द्रबिन्दु वाली
वह सेमल और सेमल-सखा वृक्ष अन्य उन्नतस्कन्ध
अभी बस काक-वृक्ष
कौवों के वास-वृक्ष
उन वृक्षों से
उड़े कौवे
काक-काकली से आकुल हुआ
हमारे ऊपर का आकाश
चंचल हुआ अन्तरतम चिचियाते-मँडराते कौवों की परछाईं से
काई-कवलित जलवाली पुरानी वापी का
जो कंपनीबाग की हृदयस्थली
छायाध्वनि-कम्प उतरा एक तरफ, सीढ़ियों के निकट ही
जरा-सी जगह में, जल-वक्ष में,
वहाँ जहाँ काई कटी है लोगों के नहाने से
दिन-दोपहर
कँपाता क्षणेक बाद काई तले अनदिखता गम्भीर जल-वक्ष-प्रदेश
जहाँ जगती स्मृति, जल की आदिम स्मृति
'मैदागिन' में नामशेष मछलियों और कछुओं से
भरी-पूरी पसरी सुजला
मन्दाकिनी की
भूतल के भीतर ही भीतर टेरती
नातिदूर मछोदरी में इसी तरह म्युनिसिपल पार्क-बीच,
पोखर बन, बमुश्किल
बस जीवित
मत्स्योदरी को
कि जो दोनों मन्दाकिनी-मत्स्योदरी झील-सखियाँ थीं
दो सजल नयन अभिराम
आनन्दवन के
(बनारस का जो एक पूर्वनाम)
ऊपर, कम्पनीबाग के नभोमण्डल को मण्डलित करते हुए
कौवे ही कौवे

गोल बाँधकर बैठे हुए कवि-मण्डल की
परिक्रमा करते हुए ज्यों
कि कहते हुए चहकते हुए, —नहीं, टहकते हुए
करते हुए तस्दीक
कि हाँ, ईद का चाँद दिखा
ईद का चाँद दिखा
ईद का चाँद दिखा बेशक
दूरदर्शी कौवों को
कि मानो वे नन्ही जालीदार गोल टोपियों के
आकाश-प्रतिनिधि हों
हों खुशदिल पटाखों की प्रतिध्वनियाँ

उनकी हँसी-खुशी के बीच
सोचा कवि-मण्डल के एक कवि ने
चतुर बदनाम इन भोले कौवों के
उर-उघार घोंसले में
ईद के चाँद को
रख जाए जो चुपके से
कोयले-सी नहीं, कोयल-सी काली
रात!
लेकिन कौन जाने
गुपचुप होता ही हो ऐसा, दुनिया की आँख झपकने पर
पूर्णिमा तक चन्द्रमा को पोसने की
जिम्मेदारी हो ही कौवों की
आखिर वे ही तो हैं
सूरज के वैतालिक!
कौन जाने जो गुपचुप वे ही हों द्विजपोषक द्विजोत्तम!

सूर्यास्त के यवनिका-पतन के साथ
समाप्त हुआ कवि-समागम

कविजनों में तीन साइकिल सवार थे
सारे समय खड़ी रही थीं तीन साइकिलें
वे श्रोताओं में शुमार नहीं की गई थीं

कि जैसे उनके पास केवल बजने वाली घण्टी हो,
अँगूठे की मोहताज
जबकि हवाओं से होती है उनकी बतकही
और जबकि उनकी तिकोनी सीट
कवि-जाँघों को घनिष्ठता से जानती है
ज्ञातस्वाद जाँघोंवाली कवि-पत्नियों से भी अधिक
कवि-पत्नियाँ! कभी-कभार घर-जुड़ी गोष्ठियों में भी
जो श्रोताओं में शुमार नहीं की जातीं प्राय:
लेकिन चाय बनाते भी, चौके से
कविता की ओर लगे होते हैं जिनके कान।

सड़कशायी जेब्रा के सिरहाने का लेटरबाक्स

एक जेब्रावाहिनी देवी हो जैसे
महिला छात्रावास
के चरणतल
एक जेब्रा
जिसकी सड़कशायी सफेद धारियों पर
एक-एक पाँव धर
जाते थे हम, जब कभी जाते थे
किसी सहपाठिन से जरूरी मुलाकात के बहाने
कि जैसे वे सीढ़ियाँ हों
कहीं ऊपर जाने की, सुदूर नभ में
भीतर जाते तक तो हम
सातवें आसमान में होते थे
मुलाकात के ऊपर छाये रहने वाले बरगद की सोरों का
जो न होता सहारा
तो गिर ही पड़ते हम
हड्डी-पसली तुड़ा बैठते

वहाँ से
उस ऊँचाई से
बिड़ला हास्टल
की लम्बी-चौड़ी पसरी हुई काया
किसी रेतीले टीले की तरह दिखती थी
कि जिसके निकट पहुँचो तो
स्थापत्य के तनिक उभरे हुए सुविधा-स्थलों पर
अहर्निश खुले
कि खुल ही गए

खुलने के पहले धीरे-धीरे घुले
कपाट—
जिन्हें थोड़ा-थोड़ा कर ले गई बरसात, बौछारों के हाथों
बूँदों के मोतिया दाँतों खोड़र करती कपाट-काठ में—
दिखाते हैं
नीमअँधेरे में—मौलसिरी की छाँह-रँगे साँवले उजेले में
कमर की ऊँचाई पर
चमकते हुए दो चीनी मिट्टी के मूत्रपात्र, लम्बी नलिका वाले
अण्डकोष की दो कौड़ियों की तरह चमकते
कौड़ियों की संगमरमरी नीलौंछ पीठ की तरह
जनवीथियों में नहीं, वनवीथियों में देखी गई
किन्हीं पशु आँखों की तरह—दिन में भी रात की आँखों की तरह
संझा बिरियाँ जिन्हें लिये
आखेट पर निकलते हैं वे
जिसे वे कहते हैं लंका-विजय—बिड़ला छात्रावास में
आखेट क्या? सच पूछो तो
आखेट होता है वह
उनका निहारना नवयुवतियों को
लंका-चौराहे पर
अथकतक टकटकी लगा
और
वहीं
खुलदिल छात्रावासी बरामदों में
तार की पतली अरगनी पर
सूखते हुए जाँघिये
धूप और हवा से अधिक
अनमिट धब्बों में उल्लिखित उल्लसित सपनों की ऊष्मा से
धारासार नल के नीचे भी जो ठण्ढी नहीं पड़ती

उतरते थे जब हम नीचे सातवें आस्मान से
कि निकलते थे महिला छात्रावास के बाहर
तो सड़क में जड़े हुए जेब्रा की पसलियों को
जानती हों तो हों हमारे जूतों की अवायवीय नोकें ही
तब सड़क के वक्ष पर ही नहीं, महिला छात्रावास के पद-प्रान्त में

पसरा हुआ जेब्रा
एक भेद-भरी मुस्कान मुस्काता था
उसके सिरहाने के आदमकद लेटरबाक्स का मुदित
माथ डुलता था मन्द-मन्द
हमारे अनदेखे
खूब पहचानता था महिला छात्रावास के बाहर का
वह लेटरबाक्स भी हमें
सुगंधित लिखावटों से लिपटने के लोभ में
शुष्क-हृदय सम्पादकों को सम्बोधित हमारे सजल-उर लिफाफे
कविताओं से भरे, भारी
यहीं डलते थे

पढ़ लेता था वह सतर-दर-सतर दिल का हाल
जब भी कोई पत्र डाल रहा होता था उसके भीतर
यही थी सिद्धि उसकी शगल उसका
खेल दिन-भर का जिसे खेलते एक जगह खड़ा-खड़ा
कभी न अघाता था वह आदमकद लेटरबाक्स
कि उसकी लिबलिबी जीभ को खड़का,
पत्रलील अँधेरे में दूर तक डालकर हाथ
धीरे से छोड़ती थी जब कोई जनी अन्तर्देशीय एक नीला
लिफाफा एक पीला, भीतर झलकता कागज गुलाबी
सम्बोधन सुधारने की सीख देने का मन होता था उसका
झिझक में उझक रहे प्रेम को भास्वर फास्फोरसी स्याही से
उकेर देने का जी करता था उसका
कि महिला छात्रावास की चौहद्दी के भीतर के
—एक दीवार की गोद चढ़े—
शिशु लेटरबाक्स में न डाल
हाथ में पत्र लिये निकलती थी जब कोई लड़की
नाम-पते को सूरज से छुपाए
बल्कि किसी किताब के पन्नों बीच दबाए
आँख मिलते ही
उसकी सकुची और चौकस आँखों से
मुस्की छूटती थी उस उधड़लालरंग आदमकद लेटरबाक्स की
उसका किसी पादरी का वक्ष नहीं, निरावेग प्रशान्त,

उद्विग्न आत्मस्वीकृतियों को बस उदरस्थ करनेवाला
पत्र पठा रही उँगलियों को
पत्र-श्वासों से ऊष्माकुल अपने अन्तर अँधेरे में
देता था वह अन्तस् का आशीष
उत्तर का आश्वासन
आखिर तो वह
बिड़ला हास्टलवासी हिन्दी विभाग के कवि-मनों का भी
अपना लेटरबाक्स था
कैशोर वय के प्रथम प्रेम में
शहर-भर के तमाम लेटरबाक्सों को आजमाकर
आखिरकार ढूँढ़ निकाला गया वह एक शुभशकुनी लेटरबाक्स
जो चिट्ठियाँ जल्दी और जरूर पहुँचाता है
एक इच्छागामी जेब्रा की इच्छुक पीठ पर।

एक भ्रमर-अगीत

आए थे मिलने भोजपुरी के रससिद्ध कवि
शार्ङ्गधर—सुनाम :
सौम्य-सुरूप
शील-विनत, दसो नोंह जोड़े
करते निवेदित 'कोटिशः प्रणाम' से एक कम नहीं किसी बार
भाव से गद्गद बोल अस्फुट
तब छूते आकाश जब कण्ठ की गुलेल के फेंके
पिक के पंचम को पीछे छोड़ता
कवि-सम्मेलन में गूँजता
उनकी बारी, सुरीले कण्ठ का सधा हुआ स्वर

बड़ी मौज में थे
उनका द्रवणशील चित्त आज हिलोरें ले रहा था
कल ही बीती थी चैत की पूनो
साल-भर जिसकी अधीर प्रतीक्षा करता है
नगर का गीतकार समुदाय
रचता है एक भव्य आयोजन—'चैत चाँदनी गीत गुलाब'
एक खुली-फैली छत पर गीत-पाठ
कण्ठठाठ का देर रात तक चलने वाला
कार्यक्रम
जिसके खत्म होते-होते
नगर का सन्नाटा
चैती पूर्णिमा के चाँद के उँडेले
वासन्ती रंग में
सन जाता है सब ओर
केवल घर लौटते गीतकार

कुत्तों की कर्कश भूँकों के विवश श्रोता होते हैं

वहीं सुनाई थी उन्होंने कल
अपनी एक चैती
जो परसों ही लिखी थी
मौके की खेती
बातों के बीच, बरबस गुनगुना उठते थे उसे
शार्ङ्गधरजी—भोजपुरी के रससिद्ध कवि सुनाम

सुनाइए, शार्ङ्गधरजी सुनाइए!
हम देह ढील आँखें मूँदे सुनते हैं
जीवन के धाराप्रवाह की जगह
कुछ पल भाव-धारा में बहना चुनते हैं

कि सुनते हैं
बगियन में फुलवन के भँवरा मारे ला नजरिया
—जिस पर जबरिया वाह निकलती है
कि जी धक् रह जाता है
एक आह उलाँक जाती है भितरा
बोल-सुबोलों की सुनाई
धुँधलाती है

अरे! कब से नजर नहीं आया भँवरा
बाग-बाट में जो मिलता था गोल-मटोल
भृंगी-कीट साँवला षट्पद सपंख
मिलता था औचक और अक्सर
बचपन में गाँव के घर में माथ-ऊपर की धरन में
छानी-तले की बँड़ेर में
काठ को छेद-छेद बनाया गया जिसका बसेरा
अब भी है गुंजान
स्मृति में
उसका कभी कमरे के सीमित आकाश में
भटक आना
और मँडराना

हमारे माथ के ऊपर
और हमारा घबराकर मुट्ठियाँ बाँधना,
टोटका-पटु दादी के सिखाए
कि गर बँध जाएँ इकट्ठी मुट्ठियाँ तमाम
तो देर नहीं भँवरे के थककर गिरने में
उसकी भन-भन से उकताए
हम ताकते रहते उसे गरदन उठाए
बद्धमुष्टि बद्धदृष्टि
देर तक

उसे आखिरी बार देखा था कब
तीन साल हुए कि चार
जब बारिश में बढ़ आई गंगा के सिमटने के बाद
गया था उस पार
गंगा के उस पार
नाव से उतरकर थोड़ा चलते ही
दिढ़ा रही पाँक पर जँह-तँह उगे कटीले-कँटीले
भँड़भाँड़ के पीले फूलों
और भटकटैया के नीले फूलों
आवारा जंगली फूलों
पर मँडराते हुए भौंरे दिखे थे
नगर के बाग-बगीचों से दूर
न जाने किन-किन पुष्प-प्रजातियों से उनके प्राणबन्धन
दिखे थे सहसा
और तब भी उपजा तो था
यह एहसास—जिसे न देखना ही था भला
कि भँवर में फँसी है भौंरों की जीवन-कश्ती
आज बेशक
मुश्किल से देखने को मिलती है आँखों को
अंजन लगाती जिसकी श्यामाभा

उसे बगियन के फूलों को अँखियाते
देख लिया शार्ङ्गधरजी ने
अपने समय में नहीं, कवि-समय में

सूरदास के भ्रमर गीत के भरमाए
उनके अपने समय में तो
नगर के सिवान पर
दुश्शील या अज्ञातकुलशील फूलों के वंश-विस्तार में व्यस्त हैं
बमुश्किल बचे हुए भँवरे
पुष्प के पुंकेसर को
उसकी पुष्पा तक ले जाते हुए

एक दिन
केवल कवि-समय में बच रहेगा भँवरा
मधुप-वृत्ति बच रहेगी कभी निन्दित कभी अभिनन्दित
जिस तरह शार्ङ्गधरजी के नाम ने
वाङ्मय की ही तरह 'ङ्' को अपने अंक में बचा रखा है
कल को खो ही जाना है जिसे
अनुस्वार के समावेशी गोलाकार में
तब कोई अपने बेटे का नाम शार्ङ्गधर नहीं रखेगा
वह संस्कृत का अध्यापक ही क्यों न हो
इससे मिलता-जुलता कोई नाम भी हुआ
तो उसका धारक
कवि नहीं होगा कतई
शुभ और सुन्दर को अक्षय रखने वाला कवि-समय भी
मर जाएगा धीरे-धीरे
केवल चीजों की होगी लम्बी उम्र
गारण्टीड!

शाम के रंगों में शामिल है

शाम के रंगों में शामिल है
मेरी दाढ़ी की अधकचरी सफेदी
जिस पर गोधूलि
मेहँदी मलती है
रात की नाड़ियों में
बहती है मेरी भी नींद
चाहे जितनी कम
चाहे जितनी उचटी-उचटी

सुबह लेकिन
मुझे देर तक सोता छोड़कर
कई कदम, कई-कई कदम
आगे बढ़ गई होती है दुनिया
भरी दोपहर लपक कर भी
जिसे शाम तक ही पकड़ पाता हूँ
बमुश्किल
तब, जब
ताजी स्याही की गन्ध वाले
नगर के लोकप्रिय सांध्य दैनिक 'गाण्डीव' की
सद्य:जात प्रतियाँ लिये बाएँ हाथ में
और दाएँ हाथ में छोटी-सी टोहती छड़ी
आ जाते हैं
तनिक मलिन सफेदी वाले कुर्ते-पाजामे में
सम्मानित-से दिखते बुजुर्ग
अन्धे हॉकर
जिनके काले चश्मे की ओट के आगे

खड़ी है दुनिया निहत्थी
जिसके हाथों में
थमा देना चाहते हैं वे ताजा गाण्डीव

गाण्डीव...गाण्डीव—कहते बीच-बीच में
वे एक महाभारतकालीन आहत योद्धा
हमारे बीच
धनुष की तरह टंकार उठते बीच-बीच में
गाण्डीव...गाण्डीव...
विश्वनाथ-गली में रुँधे हुए समय को
शाश्वत सरीखे समय को
ताजी खबरों से
हिलाते-हिलकारते हुए।

पोखरा पिशाचमोचन

कभी का विमलोदक कुण्ड
आज का पिशाचमोचन पोखरा
प्रसिद्ध तीर्थ
पितरपख में जहाँ जुटते हैं जन
दूर-दुरन्त से
इस दुनिया से जो उन्हें कसकर बाँध गए हैं
उन पितरों की मुक्ति के लिए चिन्तित
और जुटती हैं चिन्तित माताएँ और अमाताएँ
ललही छठ और जिउतिया के दिन, गातीं गीत
सन्तान के लिए गुहारतीं, ईश्वर का आँगन आँचल से बुहारतीं
उनकी सन्तानों पर घात लगाए चील-गिद्ध-गरुड़ से
खलियातीं आकाश
उपवास-उत्तीर्ण नहातीं—व्रत-पारंगताएँ
जुटाव के उन दिनों की गहमागहमी
बीतकर भी, साल भर
फैली-सी लगती है इसके पार्श्व में
बीत चुकने के बाद भी, बरस में एक बार यहाँ जुड़ने वाला
'लोटा-भण्टा का मेला' मशहूर
कि जैसे
ट्रेन के गुजर चुकने के बाद
लौह-पटरियों में उसके गमन की गूँज बच रहती है
कि वह उसके आगमन की गूँज है
कान लगा जिसे सुनते हैं
अगल-बगल के दुकानदार
और आस-पास के फेरीवाले

और आस्थोपजीवी धर्मधन्धी पण्डे-पुजारी
जिनमें कुछ तो मद्यगन्धी मुँह और पद्यगन्धी बातों वाले
और वे नाई जो कैंची चलाना भूले
उस्तरा लिये उकड़ूँ बैठे होते हैं माथ मूँड़ने
आयताकार नितम्बाधार एक ईंट के सामने
—वे, जिनके लिए बस शिखा ही अवध्य है
—और वे ही क्यों
क्या तटवासी कपर्दीश्वर नहीं
जटाजूट के बावजूद, चाहे मनमौजी नहीं,
            लेकिन मन ही मन मौजी जरूर
कपर्दीश्वर, पालथी मारे तपस्या-मुद्रा में
एक शिवायतन

पिशाचमोचन पोखरा
जिससे लगी सड़क से गुजरते हुए
अभी भी हैं कुछ लोग
जो बधिरता के विरुद्ध हैं
जिन्हें भूत-प्रेत-पिशाच योनि में पड़ा
कोई पितर पुकारता है उच्चकण्ठ
वह कौन-सा पुरखा है उनका
किस पीढ़ी का
नेबुलर बादलों की-सी धुन्ध में
साफ-साफ कुछ नहीं दिखता पर वह उनका एक दूरस्थ पुरखा है
जो जीवन में अपेक्षाकृत सफल हुआ था
उनका वही पुरखा
अब उसे
एकमात्र उन्हीं पर भरोसा है
जो उम्र की ढलान में भी जिन्दगी की चढ़ाई चढ़ने में लगे हैं,
                                        माथ झुकाए

और जो हैं उनके सगे-सम्बन्धी
वातानुकूलित कक्षों में रहने वाले
उन्हें कोई पश्चात्ताप कभी नहीं सताता
यदि कभी सुलगे भी अन्त:करण तो उसे बुझाने को

भरी रखी हैं शराब की बोतलें और नींद की गोलियों की शीशियाँ
अलग-अलग
उन्हें पुरखों की क्या परवाह!
वे जो उस सफल-सन्तप्त पुरखे के सीधे सम्बन्धी
बधिर बखुशी
झूमते सुनते हजार वाट का म्यूजिक सिस्टम

वही
पिशाचमोचन का पोखर
जिसके चौकोर में
बँधी है एक पानीदार प्राचीनता
जिसका पानी सड़ गया है
जिसकी स्मृति पर फैली है
विस्मृति की हरी काई
केवल सावन-भादों में नवजल से हटने-कटने वाली
गम्भीरमुख वह पोखर
जिसके पास जाते ही
मुझे बरबस याद आता है
जेन परिव्राजक कवि बाशो का हाइकु :
ताल पुराना
कूदा दादुर
—गुड़ुप

और मैं
बैठा रहता हूँ देर तक
धुँधली पनीली आँखों में डाले आँखें
जिनमें अगम गहराई

कि उतनी देर मुझे
निरखता—भर लोचन, पोखरा पिशाचमोचन

पिशाचमोचन का वही पोखर
एक रात देर से लौटते

आता है रास्ते में

श्रावण शुक्ला अष्टमी की रात
पश्चिम क्षितिज पर लटका
अष्टकल अष्टदल चाँद
दिखता है पोखर के बीच
लम्बबिम्बायमान
कर रहा अध्यक्षता
पोखर के किनारे-किनारे के मकानों में जड़ी जलती
बिजली-बत्तियों की सभा की
जो उनका 'स्विच' दबाने वालों के अनजाने
जलती, जीती हैं एक शीतल जल-जीवन
डबडबाई देह-कान्ति वाली वे मनस्कान्त बत्तियाँ
रिहाइशी मकानों के सुख-दुख को आलोकित करती हुई भी
पोखर में
जीती हैं स्थल के स्थूल जीवन से अलग
एक स्वप्न-जीवन
चाँद जहाँ उनका पुरखा है
या शायद समकालीन!

उन बत्तियों से लगी मकानों की काँपती दीवारें हैं
वर्ग-भेद भूलीं
एक-दूसरे में घुल-मिल जाती हुईं

वे विकास प्राधिकरण के बनवाए एल.आई.जी. फ्लैट हैं
और यह जो एक सौध का
उलटा प्रतिबिम्ब है
'गंगा पैलेस' है
नगर का नवजात सिनेमाघर
गंगा पैलेस—एक अजीब खिचड़ी-सा नाम
उस बनारस में जहाँ
सिनेमाहाउस खुद को चित्र-मन्दिर कहते रहे हैं
समय के फेर का एक भाषिक प्रतिबिम्ब
पुराणाधुनिक

जो कि बनारस हो रहा है इन दिनों
या प्रायः पूरा भारत ही

पिशाचमोचन के इस प्रशान्त पुराने पोखर में
नई सच्चाइयाँ भी लेटी हैं
उनका कोलाहल भी अभी कितना शान्त
अशान्त
केवल पर्जन्य-स्तुति गा रहे मेढकों का मन है
जिनकी नरेटी से निकली हुई नरटेर
सुनती है एक मेढकी, तौलती पौरुख, दुबकी कहीं
अगली पीढ़ी तक छलाँग लगाने को उद्यत निर्भीक
भेकपाल पोखर में
अजपाल बरगदों से सूने हो रहे नगर में भी जो बचा हुआ
बसा हुआ
गुंजान।

शुक्ल जी की प्रतिमा

अब न्यू कालोनी कहलाने वाले शहर-हिस्से का वह चौराहा-सा
जहाँ एक गोलाम्बर में
मध्यस्थ खड़ी है
आवक्ष प्रतिमा वह
सफेद संगमरमर की
वह एक तर्क-तप्त ललाट वाला सभ्यता-समीक्षक शीश
जिसके स्कन्ध स्थित पत्थर के एक चौपहल पर
जिसकी एक तरफ खुदे हुए
जीवन-मर्मी वाक्य कुछ पंक्तिबद्ध
जिनके माथ टंकित, तनिक बड़ी अखरौटी में : शुक्ल विचार
हाँ, वे शुक्ल विचार
दमकते, जीवन-संस्कृति की हमारी अँधरिया में
बोध-स्फुलिंग वे, अमन्द-आभ
चौगिर्द की गर्द-अटी अखरौटी चाहे पढ़ी न जाती हो
उन वाक्यों की
जिन्हें जाने कब से
किसी ने नहीं पढ़ा है आँखें गड़ाकर
यातायात-बँधे, गुजरते रहते हैं लोग
गोलाम्बरवासी उस चौमुखी आधार-स्तम्भ के चौतरफ
उदासीन—चाहे उच्चासीन साइकिल-सीटों पर
चाहे गद्दीनशीन रिक्शों-गाड़ियों पर
जो वाहनहीन उनके भी सारथि
उनके जल्दबाज जूते
लिये चले जाते उन्हें गन्तव्यों पर
मन्तव्यों पर ठिठकने का कहाँ अवकाश उन्हें
हाँ, भटकती

आती है कभी-कभी
कोई विदेशिनी लड़की
नगीचे नगवाँ में एक कमरा किराए पर लेकर
रहने वाली, हिन्दी सीखने वाली
अक्षर-अक्षर जोड़कर शब्द पढ़ने वाली
उत्कण्ठित आँखों की एकाग्रता से
पोंछने वाली शब्द-शब्द
उन वाक्यावलियों को चमकाने वाली
अपने मन में
हिन्दी से हर्षित

उस चौपहल के एक पहलू में
अश्मांकित वह प्रशस्ति नहीं
पहचान की आश्वस्ति
उस विरल अविरल प्राण-प्रकाश की
कवि निराला की आँकी :

अमा निशा थी समालोचना के अम्बर पर
उदित हुए जब तुम हिन्दी के दिव्य कलाधर

—शीर्षकित 'श्रद्धांजलि : आचार्य शुक्लजी के प्रति'

जिसके 'रामचन्द्र शुक्ल पथ' नाम को कम लोग ही जानते हैं
चौमासे-भर हलकी-सी भी बारिश के पानी में
एँड़ीडुबाऊ डूबी रहने वाली
उस ऊबड़खाबड़ सड़क को अगोरती
वह आवक्ष प्रतिमा
आचार्य शुक्ल की
आचार्य रामचन्द्र शुक्ल!
प्रखर समीक्षक सलोचन आलोचक
विश्व-प्रपंच को देखा जिसने खुली आँखों
जनता की संचित-परिवर्तित चित्तवृत्तियों पर
लगी रही जिसकी निगाह
मिर्जापुर की विंध्याटवी में घूम-भटक ढूँढ़ा

जिसने अक्षय मधु-स्रोत
बताता रहा जो देशप्रेम के सच्चे मानी
सूर-तुलसी-जायसी के बोलों के अमरित-अरथ
अमित बाँचे जिसने
साँचे तोड़े सोचों के, पूछा 'कविता क्या है'
चिर पुरातन में वह क्या है जो नित नया है
सिद्धावस्था का नहीं, आनन्द की साधनावस्था का जो हामी
चित्त की अहर्निश मुक्तावस्था का स्वामी
भावों का विश्लेषक, विचारों का संश्लेषक
कर्मनिष्ठा और करुणा का प्रसारक, लोकमंगल का अभिलाषी
खरी-खरी कहने का अभ्यासी

वही आचार्य रामचन्द्र शुक्ल!
बी.एच.यू. के किसी भी हिन्दी विभागाध्यक्ष का
आज भी सबसे बड़ा
गौरव
एहसास से अधिक यह उद्घोषणा कि वह आसीन है
उस कुर्सी पर
जिस पर विराजे थे कभी आचार्य रामचन्द्र शुक्ल
विभागाध्यक्ष, महामना के मनभाए

उन्हीं शुक्ल जी ने
सन् 1934-36 में
नगर के तब वीरान-से इस इलाके में जहाँ बसत
थी कम और जगह
थी इफरात
खरीदा था जमीन का एक बड़ा-सा टुकड़ा
और एक-एक शब्द ठोंक-बजाकर परखने वाले शुक्ल जी ने
खड़े होकर, अपनी आँखों के सामने
अपने बनाये नक्शे के अनुसार
बनवाया था अपना रिहाइशी मकान
सीधा-साधा होते भी खूबसूरत-सा एक सौध
आँखों को भाती जिसकी धवलता
उठ जातीं राहगीरों की आँखें बरबस उस ओर

अगल-बगल नये बने-तने आलीशान मकानों से हटकर
और ठंढातीं
टिककर

उसमें अब एक
गोशाला चलती है
बाहर उलटे सूखते रहते हैं बाल्टे
भीतर धेनुओं के रँभाने की आवाज में
फैला रहता है किसी का अवत्सल खयाल
कि कहीं धन देने के कारण तो नहीं कही जाती धेनु—धेनु

शुक्ल जी के निधन के बाद
उनके दो बेटों में
बँटवारा हुआ था
एक के हिस्से में, उनके हिस्से आए वंशज
चलवा रहे हैं यह दूध-दुकान

खाली पड़ी जगह
दूसरे खूँट गई
नगर-निगम के अधिग्रहण से जमीन को बचाने
कि बहुत कुछ नगर-निगम की ही जमीन पर?
जिसमें खुला है, खड़ा है
आचार्य रामचन्द्र शुक्ल शोध-संस्थान
जिसके शोध-बोध के इरादे पर
खूँटा ठोक खड़े होते शामियाने
प्राय:
व्याख्यानों की जगह गूँजतीं शहनाइयाँ
गलेबाजों की जगह बजते बैण्डबाजे
गोष्ठियों से अधिक जुड़ते जलसे, सजते जनवासे
लग्न-भर अवश्यमेव विवाह-व्यस्त बना रहता संस्थान, सुस्थान
जिन दिनों पण्डित जी के पास खैनी की चुटकी-भर
'खाली टैम' नहीं हुआ करता
जिन दिनों, पाण्डित्य को पण्डिताई किये,
पण्डिताई की जीविका और

कविताई के जीवन वाले,
नगर के कवि-सम्मेलनों के माने हुए मंचालक
आचार्य अविरुद्ध त्रिपाठी भी
अपनी साइकिल पर तनिक उन्नतोदर मध्यभाग को लचकाते
नीचे जाते पैडिल को अँगूठे के सिरे से
आखिर तक बमुश्किल दबाते
तेज-तेज जा रहे होते हैं किसी कवि-समागम में नहीं
बल्कि मँड़वे से मँड़वे तक, मँड़वाडीह तक
धनवानों के पकवानों की खुशबू से भरे उन दिनों
जैसे कि अभी
बीत रही शुभलग्न का शायद यह अन्तिम शामियाना हो
एक लाउडस्पीकर की आवाज की संगत में फैलने का अभ्यस्त
जो खुलना शुरू कर चुका है
शोध-संस्थान के प्रांगण में

अच्छा है कि उस ओर—कामधेनु नामधेनु की ओर
पीठ किये है
शुक्ल जी की प्रतिमा

चौराहे के गोलाम्बर में मध्यस्थ खड़ी
एक आवक्ष प्रतिमा
जिसने धड़ नहीं, शीश होना चुना
उसके विचारशील माथे पर
आकाशस्थ वह शोभाधायक छतरी है
याकि आतप-रक्षिणी बीटबचौनी
जिससे बाँधा गया है केबल का तार
एक बिजली के खम्भे से कोनाकोनी ला कर
दूसरे टेलीफोन के खम्भे तक ले जाया जाता हुआ, बीच में जिसे
रोक-टोक नहीं नेक टेक चाहिए
छतरी से बाँधा गया एक केबल का तार
सैटेलाइट चैनलों का संवाहक
रूप-तरंगों और ध्वनि तरंगों का तार-पथ वह
कर्णमधुर रूप-रज्जु
जिसने बाँध रखा है आज के मस्तिष्क को

जिसकी समाई
शुक्ल जी की प्रतिमा के माथे की छतरी को
छूने-भर की रही
आकाश फलाँगते

कबिरा खड़ा बाजार में...

कबीर साहब की छह सौवीं जयन्ती
महोत्सव मचा है
उमड़ी है भीड़
कबीरपन्थियों की
अगल-बगल के जनपदों से
दूर-दराज से भी
बिहार, मध्य प्रदेश, गुजरात, राजस्थान तक से
आए हैं जन
मलिन धवलता लपेटे देह पर
और समेटे निर्मल मन

बनारस आज
कबीर की नगरी
और कबीरचौरा केन्द्रबिन्दु
बनारस का

कबीरचौरा मठ मूलगादी में
गद्दी पर विराजे हैं महन्त
साहेब साहेब कहते बन्दगी करते जनों को
असीसते अविराम
आँगन-मण्डप में इकतारा गूँजता, खँजड़ी पर पड़ती थाप
भजन-मण्डली का कण्ठस्वर मन को छूने से
पहले आकाश छूता है
सरल-सुभाव बटुरे जन बटोरते थकते हैं
सुगम कहन के अगम भाव
पुरुषों की आँखों में झलकती है थकान,

अबुझ लेकिन स्त्रियों की आँखों में उत्कण्ठा
अबुझ लेकिन उनसे लगे जेठ-जरे बच्चों का हर्ष
जो तितलियों की तरह मँडराता है
कण्ठी-माला चन्दन-रोली की उन एकदिनी दुकानों के गिर्द
जो सजकर आज रच रही हैं एक मेला-सा
कि शुरू हो जाती है भण्डारे की चहल-पहल
पंगत सजने लगती है
कोई उकड़ूँ, कोई पालथी मारे
कोई मन ही मन लेता चटखारे
कोई बगलगीर को कहता
कनखियों से पत्तल को तकता :
क्या खूब बोले राज्यपाल
मन निहाल
हमें और क्या चाहिए
बस सद्गुरु की किरपा और दलितन में एका

उसकी बात काट कहती एक उजली दाढ़ी :
अरे अनाड़ी!
क्या राज्यपाल क्या मुख्यमन्तरी
सब अपने स्वार्थों के सन्तरी
सत्ता की भूख में कबीर साहब का कलेवा है
आज के बाद कौन नामलेवा है!
सुना नहीं, विचारगोष्ठी में बढ़-चढ़कर जो बोल रहे थे
नामी प्रोफेसर कहीं के—गुरूर में डोल रहे थे
ज्ञान बूकते थे अभिमान थूकते थे
रह-रह विदेश-यात्रा की कहानी
अहंकार की मात्रा न जाए बखानी
किसी ने बताया, बड़ा-सा मकान बनवाया है
फर्श पर मकराने का संगमरमर लगवाया है
उनके लिए सब कबीर की माया है
हमको हमेशा धूप, उनको हरबखत छाया है

सामने की कतार से एक बाबा
इधर ही कान दिये थे

वहीं से बोले :
सही बोले भगत
जटिल है जगत
माया का बन्धन है
बन्धन यह भीषण है
आँखिन देखी बोलें तो
क्रोध-पिटारा खोलें वो
तुम ही कहो जो मोटर चढ़ घूमें
बरियार और बड़कन बीच झूमें
उनको कहाँ दिखेगी राह की चींटी
उनको शर्करा थू-थू, निबौली मीठी
सन्त-महन्त जो भी होवें
देख उन्हें सद्गुरु रोवें
कौन कहे नई विप्रमतीसी
कि भिचे उनकी खिली बत्तीसी!

यह सब देख-सुन
लिये मन आधा खिला आधा मुरझाया
चल पड़े हम
पीठ दे
मूलगादी के महोत्सव को
नगर से बहिराती सड़क पर
लहरतारा की ओर
जहाँ आज से छह सौ साल पहले
जो नवजात क्रन्दन गूँजा था
आज भी वह भर रहा है मन-दिशाओं को
जहाँ-जहाँ उन्मत्त अट्टहासों के बीच अवकाश
वहाँ करुणा की कोंपल
खिलाता

लहरतारा!
गंगा का गुप्त संगी!
कभी मीलों फैले निर्मल सरोवर का जलावशेष
अब एक बड़ी-सी गन्दी गड़ही

जिसकी जर्जर देह में जलात्मा सड़ रही
मलत्याग से फारिग हो जहाँ दो-चार लोग सौंच रहे थे
और किनारे खड़े हम सोच रहे थे, सोच रहे थे :
परित्यक्त सत्य-से बालक को
आज मिलेगा भी नीरू-नीमा सा पालक कोई
कि मिलेंगे शिशु का अंग-भंग कर
गली-गली भीख मँगाने वाले
हाथों को करघा नहीं, कटोरा पकड़ाने वाले
कबिरा खड़ा बाजार में होगा और ही भाँति
या फिर करघा हुआ तो
होगा, अनुल्लंघ्य राइफलों से रक्षित
अलंघ्य चारदीवारी के भीतर
भदोही, हण्डिया, मिर्जापुर के किसी
धन-लोलुप कालीन-कारखाने में
बँधुआ बाल मजदूरों का पीने वाला खून
एक करघा, जिसके अगौहें
गाँठ लगाने में कुशल नान्ह उँगलियों की
लहूलुहान गाँठों के घावों में
दवा की जगह दवा की तरह भरी जाती है
माचिस-तीलियों की बारूद
फिर भी...फिर भी यदि विकस ही आए जिद्दी कबीर तो पगलाएगा
अपनी उलटबाँसियों में आप अझुराएगा
उसकी साखी कागद की लेखी होगी
पाँडे की पण्डिताई और शेख की शेखी होगी
विख्यात व्याख्याता सबद पगुराएँगे
पॉप गायक रमैनी गाएँगे
होंठ सिये वह एक मूरत होगा
कला-पारखियों की निगाहों में खूबसूरत होगा

कि एक फटकारती-सी कबीरी आवाज़ गूँजी भीतर :
बस कर, ऊर्णनाभ, बस कर
देख बाहर, चाँदनी खिली है
तेरा अँधेरा दिली है

देखा, जेठ की पूनो का चन्दा
जाने कब चढ़ आया था ऊँचा
लहरतारा का मटियाला ताल स्वर्णाभ हुआ था
एक अनोखे वैभव ने चिर दैन्य को आज छुआ था
कि गई निगाह, माटी में दिप रहा एक आलोक-कण था
नन्हा सा प्राण-प्रकाश, शुभ्र, निष्कम्प
एक रह: संकेत जीवन के पथहारों को
झुककर देखा
वह एक नन्हा-सा रेंगता लजालु कीड़ा, पिल्लू सरीखा
पता नहीं उसका क्या नाम
जलते-बुझते जुगनू को लजाने वाला
उसका फासफोरसी प्रकाश अभिराम
अविराम

हमें देखते देख मिट्टी में मिल-सा जाता हुआ
उसकी मटियाली काया का निरभिमान आत्म-प्रकाश
हमें बँधाता हुआ आस।

एक रूहपरवर कब्र

लल्लापुरा में घुसते ही
बुनकर करघों की खटरखट्ट का संगीत
कानों को हरसाता है
थके हुए कदमों की भी चाल एक ताल पर निर्भार हो जाती है

कि मुस्लिम इण्टर कालिज पड़ता है
जिसके जरा-सा आगे
है वह कब्रिस्तान
जिसका अगल-बगल रिहाइश से गुंजान
दस-बीस कब्रें कि जैसे एक ढूह पर उगी हुई
उनमें एक
लतरीली तराश वाले चुनारी बलुहा पत्थर के
चार छरहरे खम्भों के माथ
एक सुशोभन छतरीवाली
सुरूप कब्र-काया
दीठ को बाँधती है

उसका सुघड़ शिल्प
आँखों को आराम देता है
तुम उसके सौन्दर्य के सज़्दे में
सिर झुका सकते हो

वह कब्रगाह तुम्हारी इबादतगाह बन सकती है
जुर्म और जुल्म और जोर-जबर से रुँधे-खुदे शहर में
यदि तुम जानो
आँखों की राह दिल में उतर जाने वाली